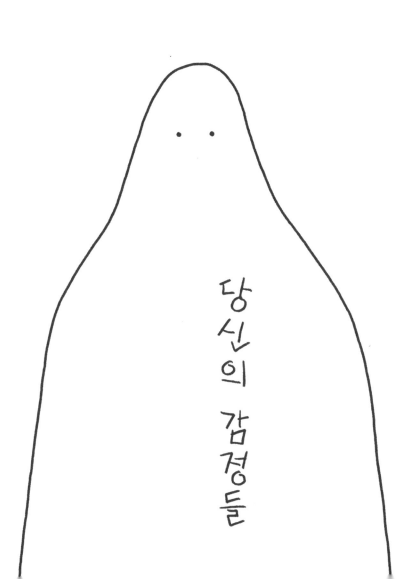

당신의 감정들

Z자 모양으로 읽어주세요.

무명의 명명

비어 있다는 것은

무엇으로든
채울 수 있다는 말입니다.

무직이라면 세상 모든 직업이 내 것이고,

무지하다면 온갖 지식이 내 것이 될 수 있으며,

무명이라면 그는 누구나 될 수 있죠.

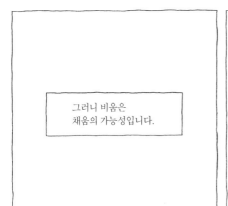

그러니 비움은
채움의 가능성입니다.

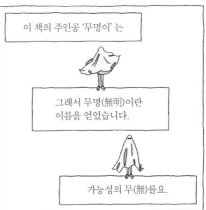

이 책의 주인공 '무명이'는

그래서 무명(無明)이란
이름을 얻었습니다.

가능성의 무(無)를요.

그리하여 무명이는

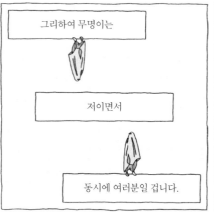

저이면서

동시에 여러분일 겁니다.

우리는 달라요.

다른 사람이니까요.

지구가 둥글다는 것만큼 당연한 이야기입니다.

그러나 우리는 닮았어요.

다른,

사람이기 때문입니다.

다른 사람에게서

뜨끔한 나의 모습을 발견하는 것만큼

반갑고 다행스러운 마음이 또 있을까요.

저는 감히 위로를 건네진 못합니다.

누군가를 위해서 글을 쓴다는 것도

어찌 보면 오만의 영역이겠죠.

다만 제 이야기를 담백하게 담아보려고 해요.

무해하고 미지근하게라도요.

살면서 잘라낸 조각들을

가지런하게.

그리운 일기장을 발견한
느낌으로 읽어주신다면

더없이 기쁘겠습니다.

마침내 무명이 명명되는 시간이 오기를.

가능성의 영역에서

완결의 영역이 되는 시간이요.

EP. 시작하며
샴쌍둥이

쌍둥이를 가지고 싶다고 생각했습니다. 뇌를 공유하는 일종의 샴쌍둥이 같은 것을요. 내 감정을 똑같이 느끼고 공감해 주는 사람을 늘 그리워했습니다. 그러나 이미 홀몸으로 태어난 이상 그럴 순 없지요. 그래서 썼습니다. 보통 일기라고 불리는 것을요. 남이 만든 종이에 쓰여있는 글은 분명 내 것이지만 더 이상 내 안에만 존재하는 것이 아니었습니다. 세상에 나온 쌍둥이의 일부 같았습니다. 괴로움과 외로움을 토로하면, 반대편에서 동영상으로 찍은 듯한 어색한 내 목소리로 공감과 위로를 건네받는 느낌이었어요. 그래서 쓰는 것이 좋았습니다. 남에게서 섣불리 기대할 수 없는 온전한 위로를 받을 수 있었기 때문입니다.

이 책의 주인공은 무명입니다. 없다는 뜻의 무(無)는 가능성을 담은 글자입니다. 비어 있는 것은 무엇으로든 채울 수 있습니다. 이 책의 주인공은 비어 있으므로 누구든 될 수 있습니다. 그리하여 무명이는 저이면서 동시에 여러분일 겁니다. 각자 다른 몸에 담겨 있는 샴쌍둥이인 우리요.

우리는 달라요. 그러나 닮았어요. 다른, 사람이기 때문입니다. 우린 타인의 몸에 담겨 같은 산소를 마시면서 지구라는 땅 위에 살고 있습니다. 그러니 흡사한 사건을 겪거나 목격했을 것입니다. 마침내 유사한 마음도 품을 수 있었겠죠. 타인에게서 뜨끔한 나의 모습을 발견하는 것만큼 반갑고 다행스러운 일이 또 있을까요. 이곳에 담긴 단상이 생을 거닐며 발견할 수 있는 좁은 다행 중 하나이길 바랍니다.

이 글 어느 길목에서 당신의 쌍둥이를 마주하는 순간이 있기를. 그리하여 우리의 닮은 마음이 가볍지 않지만 가벼울 수 있기를.

1장. 무명의 이름

2장. 마음의 이름

3장. 생의 이름

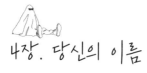

4장. 당신의 이름

1장

무명의 이름

나는 늘 나야

나는 늘 나야.

한 번도 변한 적 없어.

여유 있고 둥근 모습을
먼저 보았니,

급하고 따가운 모습을
먼저 보았니.

자지러지게 웃는 나를
먼저 발견했니,

결국 울음을 쏟는 나를
먼저 발견했니.

나의 치열함을
먼저 짐작했니,

나의 허술함을
먼저 짐작했니.

반짝반짝한 나를
먼저 알아챘니,

초라한 나를
먼저 알아챘니.

내 외면을
우선 헤아렸니,

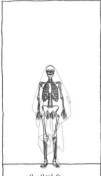

내 내면을
우선 헤아렸니.

나의 우렁참을
기쁨으로 헤아렸니,

혹은
슬픔으로 헤아렸니.

내 글을 먼저 보았니,

생동한 나를
먼저 보았니.

무엇을 먼저 보았든

그건 단지 순서,
순서의 문제야.

어떤 모습이든 다 나야.

난 늘 그 자리에 그렇게 나였어.

왈칵 망칠 것만 같은 날

내가 다 망칠 것만 같다.

뭘 그렇게까지
망쳐본 적도 없는데.

내가 일궈놓은 것들은
왜 이렇게 허상 같을까.

지금껏 받았던 칭찬은 모두
나에게 속은 사람들의 말 같다.

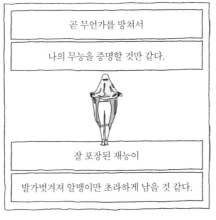

곧 무언가를 망쳐서

나의 무능을 증명할 것만 같다.

잘 포장된 재능이

발가벗겨져 알맹이만 초라하게 남을 것 같다.

나만 몰래 알던 부족함이

모두에게 내비쳐질까 내내 걱정한다.

그런 이유로

사는 게 무섭기도 했다.

내가 뭔가를 왈칵 망쳐버릴까 봐.

발전은 커녕 퇴화하는 한심한 인간이 될까 봐.

밝고 당찬 모습만 보였던 사람들에게

부끄럽고 초라한 모습을 들킬까 봐.

그럼 견딜 수 없을 것 같았다.

그들이 내 모든 모습을 사랑해 주는 사실과는 별개인 문제였다.

그래, 늘 나의 문제였다.

모두의 마음과는 다른 나의 마음 문제.

막상 모든 일은 닥치면 어떻게든 해내고,

(어쨌든 왈칵 망치기가 더 어렵고)

막상 망가진 모습을 내비쳐도 이해받고,

(좋은 모습만 보였다는 건 내 착각이었고)

막상 지나가 보면 별거 아니라는 걸 머리로는 아는데도,

아는데도.

나를 괴롭히는 건 허상이다.

그래, 아는데도.

아는데도

결국 망칠 것 같아서 시작조차 못 하는 건,

허상에 벌벌 떠는 건,

일그러져 버린
완벽주의 때문일까.

완벽주의조차도
인정할 수 없는 겁 때문일까.

＃안락과 불쾌

속수무책으로 시간을
흘려보내고 있다.

안락하고 불쾌하다.

쉬어도 된다는 자아와

무책임하게 누워만 있으면 안 된다는 자아가

답도 없이 싸운다

산책이라도 나가자는 생각을 두어 시간 한다.

의미 없는 영상들이 지겨워지고 나서야

겨우 몸을 일으킨다.

오래된 동네를 걷는다.

상쾌하고 불안하다.

어제의 부끄러움과 내일의 불안으로

잔뜩 무거운 머리를 짊어지며 한참을 걷는다.

아주 어릴 땐

이 나이쯤 되면

모든 건 다 안정화되어 있고

미래에 대한 고민은 별로 없을 줄 알았다.

이게 웬걸.

이 기세면 팔순 잔치쯤에도
미래를 걱정하고 있을 거다.

걷고 있는데

멈춰 있는 것 같다.

다들 왜 그렇게 열심히 살까.

나는 왜 멈춰 있으면서 마음이 따가울까.

나의 쓰임새를 내내 고민한다.

길거리에 흘리는 잡념보다

생성되는 잡념의 양이 많다.

기하급수적으로 늘어나고

몹시 나쁜 방향을 향하기도 한다.

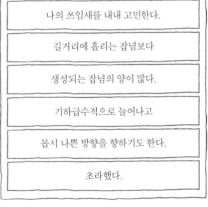

초라했다.

맹목적으로 열심히 하는 마음은

도대체 어디서 나올까?

사람마다 양이 정해져 있다면,

나는 이미 그걸 다 써버려서

이렇게 허술하게 살고 있는지도 모르겠다.

인간 수도꼭지다.

속수무책으로 시간을 흘려보내는,
도저히 잠길 기미가 없는.

복도에 머무는 사람

애매함에
치를 떨게 되는 순간이 있다.

이도 저도 아닌 나를
견딜 수 없는 순간.

성격, 모나지 않음.
재능, 중간 정도.

외면, 몹시 평범.
내면, 못되진 않음.

어느 쪽에도 깊게 속하지 못하는 것이

근사하지 않다고 생각했다.

확고한 사람이고 싶었다.

이왕이면 좋은 쪽으로.

그러나 나쁜 쪽으로도

확고히 빠져들지 못했을 때,

그때에도 내가 미워진 것은 왜일까.

우울, 병원에 갈 정도는 아님.

다이어트 강박, 많이 먹으면서 양심은 찔림.

불면, 때에 따라 잘 잠.

완벽주의, 대충 살고 있으면서 불안함.

나를 뭐라고 설명해야 할까.

참 재미없는 사람 같다.

복도에 서 있기보다는

어느 한끝 방 안에 들어가 푹 눌러앉고 싶었다.

나는 늘 복도에 머무는 사람.
어디에도 속하지 못하는.

그것에 작게 좌절하고
또 작게 일어서는, 그냥, 사람.

재미없게는 살아도
거짓으로 살고 싶지는 않다.

그래서 그저 복도에 서 있다.
미지근한 복도에.

이런 애매한 나는
그냥, 나다.

평양냉면과 속단

평양냉면을 먹다가 든 생각.

속단하지 말자.

속칭 '평냉 러버' 들의 강력 추천에 따라

여러 번 평양냉면을 도전해 왔고

번번이 반은 넘게 남겼다.

그렇게 평양냉면을 싫어한다고 결론 내렸다.

그러던 어느 날,

우연히 평양냉면을 먹을 일이 생겼다.

한 입 먹자마자 한 말.

"저... 평양냉면 좋아하네요...
역시 속단하며 살면 안 되겠어요."

나를 정확하게 아는 사람은
세상에 아무도 없다.

그 사람에는 나도 포함된다.

나도 나를 모른다.

불면을 고백한 날, 숙면을 했고

흰색이 어울리지 않는다고 생각한 날,
어울리는 흰옷을 찾아버렸다.

그럴 때마다 다짐한다.

속단하지 말자고.

색안경을 끼고 바라보지 말자고.

세상도, 나 자신도.

인간은 평생 낙인을 찍으며 사는 존재다.

단편적인 모습 몇 개로 압축하는 존재.

그러나 무언가 섣불리 판단하기에는

우리는 너무 짧게 듣고, 좁게 본다.

지레짐작하지 말자.

신중하지 않은 결론은
세계를 너무 좁게 만든다.

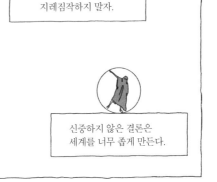

몇 개의 단어에 가로막히지 않으면

의외의 곳에서 좋은 것들을 얻을 수 있다.

확장하는 나로 살고 싶다.

성급하지 않은 나,
속단하지 않는 나로.

EP. 1
납작한 나, 양면의 나

남에게 나는 납작한 인간이다. 인간은 하염없이 판단하는 존재이므로. 짤막한 조우를 통해 선입견을 세우거나 단편적인 모습을 보고 냉큼 도장을 찍는다. '너는 따가운 사람이구나, 밝구나, 이기적이구나, 성실하구나, 허술하구나, 예민하구나…' 그 도장에 찍힌 나는 손쓸 새도 없이 납작해진다. 단어 몇 개로 압축되는 것이다. 그러나 실재하는 나는 더없이 입체적이다. 여유 있고 둥근 모습도, 급하고 따가운 모습도 모두 나의 모습이다. 초라한 마음도 반짝반짝한 결의도 다 내 것이다. 무슨 모습을 먼저 보았든 그건 단지 순서, 순서의 문제다. 그 자리에서 나는 그렇게 늘 나였다.

타인은 절대 정확한 나를 알지 못한다. 그러나 그건 나도 마찬가지다. 나도 나를 모른다. 살면서 낯선 자신을 발견한 적이 얼마나 많은지. '저는 평양냉면 안 좋아해요. 몇 번 먹어봤는데도 별로더라고요.', '저는 아재 개그 안 좋아해요. 썰렁한 거 너무 싫어요.', '저 사실 불면증이 있어요.' 와 같은 말들을 쉽게 입에 올렸다. 그러나 시간이 흘러 그 말을 뱉었던 입에서는 머쓱하게도 이런 말이 흘러나온다. '저… 평양냉면 좋아하네요. 맛있어요', '햄버거는 무슨 색깔일까요? 정답은 버건디~ 으하하!', '어제요? 너무 개운하게 잘 잤는데요?' 그럴 때마다 속단하지 말자고 다짐한다. 단어 몇 개에 가로막히지 않는, 확장된 나로 살아야겠다. 속단하지 않으면 넓은 곳에서 새로운 즐거움을 찾으며 살 테니.

나쁘면서도 옳은 것, 선하면서도 옳지 않은 것들이 세상에 참 많다. 패배한 승리, 자유로운 구속 같은 것들이 삶과 닮아 있는 것만 같다. 그리고 나도 무척 빼닮았다. 몹시 우울하고 몹시 사랑하는 것들이 넘친다. 환희의 낮과 낙망의 밤이 연속한다. 오래도록 이 공존을 인정할 수 없었다. 어긋나는 마음을 안고 한참을 괴로워했다. 그렇지마는 인정의 부재가 실존의 부재를 의미하는 것은 아니었다. 이 문장을 깨달은 순간, 모순의 존속을 받아들였다. 드디어 나는 내가 되었다. 하나의 내가. 어긋난 틈이 톱니바퀴처럼 맞물렸다. 납작한 양면이 결합하여 나는 고스란히 내가 되었다.

#동그라미 인간

뭘 해도

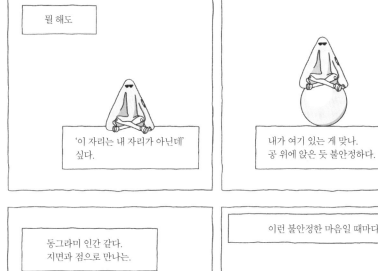

'이 자리는 내 자리가 아닌데'
싶다.

내가 여기 있는 게 맞나.
공 위에 앉은 듯 불안정하다.

동그라미 인간 같다.
지면과 점으로 만나는.

고정하기에 무척 고곤하고
가벼운 바람에 횡 굴러가는.

이런 불안정한 마음일 때마다

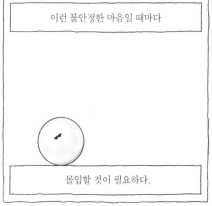

몰입할 것이 필요하다.

터질 듯한 음악 소리가 가득 담긴

이어폰을 귀에 꽉 낀다.

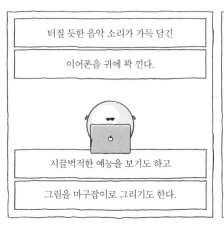

시끌벅적한 예능을 보기도 하고

그림을 마구잡이로 그리기도 한다.

여전히 동그라미 인간.

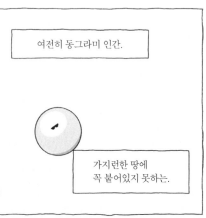

가지런한 땅에
꼭 붙어있지 못하는.

오히려 뾰족해서 그럴까.

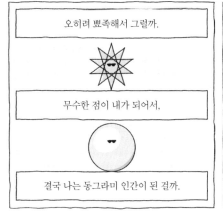

무수한 점이 내가 되어서,

결국 나는 동그라미 인간이 된 걸까.

모든 것은 빌려온 것 같고,

끝없이 낯설고,

결국 사라지는 것은
시간 문제인 것 같다.

동그라미 인간이라
이렇게 굴러가고 있나.

내 진짜 자리는
어디에 있을까.

기쁨의 테두리와 슬픔의 정중앙

시간으로 따지자면

나는 훨씬 많이 웃었다.

그러나 슬픔의 기억은 몹시도 강렬해서

떠올려 보자면

기쁨보단 슬픔의 모습이 폭력적으로 꽂혀 있다.

몹시 자주 웃는다.
다들 그렇게 말한다.

그게 좋다.
쉽게 기쁜 내가 좋다.

그러나 가끔 찾아오는 슬픔은

대부분
너무 강렬하고 말릴 수 없다.

시간으로 따지면

웃은 시간이 훨씬 많은데도,

그렇게도 쉽게 웃었는데도,

기쁨은 쉽게 잊히고

슬픔은

구태여 머물고 있나.

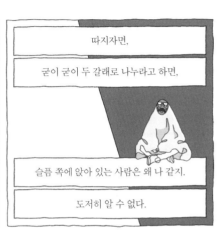

따지자면,

굳이 굳이 두 갈래로 나누라고 하면,

슬픔 쪽에 앉아 있는 사람은 왜 나 같지.

도저히 알 수 없다.

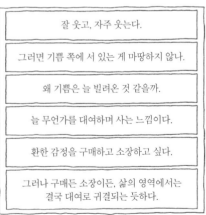

잘 웃고, 자주 웃는다.

그러면 기쁨 쪽에 서 있는 게 마땅하지 않나.

왜 기쁨은 늘 빌려온 것 같을까.

늘 무언가를 대여하며 사는 느낌이다.

환한 감정을 구매하고 소장하고 싶다.

그러나 구매든 소장이든, 삶의 영역에서는
결국 대여로 귀결되는 듯하다.

기쁨의 테두리를,
슬픔의 정중앙을

밟는 기분으로 살아간다.

횡단보도의 흰 부분만을 밟으려던 때가 있었지.

기쁨만을 밟듯이.

그러나 겨누는 마음이 미약한 나는,

검은 부분을 밟고 면면히 슬퍼졌다.

횡단보도를 건너는 일은

희든 검든 땅만 밟으면 되는 일이었다.

혼자만의 규칙에 갇혀

끝내 슬픈 건 그저 나뿐이었고.

잘하고 싶다는 마음에 더 두려운 거야

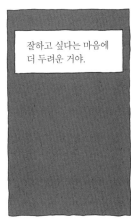

잘하고 싶다는 마음에
더 두려운 거야.

좋아하는 일을 마주하면

두려운 마음이 비집고 올라올 때가 있다.

잘하고 싶으니까.

좋아하는 걸 못 한다는 사실을 견딜 수 없어서.

그걸 좋아하는 만큼 두려움도 큰 거야.

잘하고 싶다는 마음에 더 두려운 거라는 말을

오래도록 기억하고 있다.

좋아하는 것을 두려워하는 순간

도망치지 않기를 바라서.

단지 겁이 난다는 이유로 꿈을 접고 싶지 않아.

못하는 상태를 견뎌내자.

견뎌내서 오래, 꾸준히 해내야

결국 익숙해지고 잘하게 된다.

이렇게 성장 중이고 찌질할 때

미리 일기 몇 편을 남겨놓자.

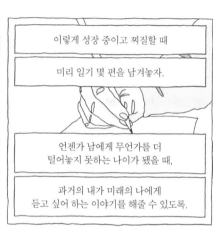

언젠가 남에게 무언가를 더
털어놓지 못하는 나이가 됐을 때,

과거의 내가 미래의 나에게
듣고 싶어 하는 이야기를 해줄 수 있도록.

내가 나를 다독이고 쓰다듬어줄 수 있도록.

마침내 내가 나를 온전히 사랑할 수 있도록.

단단한 내가 되도록.

두려움의 양은 내가 그걸 좋아하는 만큼의 양.

겁이 난다는 건 결국 그 일을 사랑한다는 것.

그러니 한 번 버텨보자.
두려움에 지지 않고.

잘하고 있어 이미.
두려운 마음까지 모두.

나에게로의 존중

아무튼 나는 내가 소중하다.

나를 미워하는 마음까지도
그 이유가 된다.

내가 나를 미워한 이유는

남에게 완벽하게 사랑받고
싶어서였다는 걸 깨달은 후로,

나는 나를 먼저 사랑해 주기로 했다.

마음처럼 잘되진 않아도.

지금껏 '나'를 위한
선택이라고 생각했던 것들은

사실 '남에게 사랑받는 나'를
위한 선택에 가까웠다.

존재 자체로 사랑받아야 한다는 말을
좀처럼 이해하지 못했다.

지금도 와락 믿지 못하고.

그래도 사랑하려는 마음을 가지면

그렇지 않은 때보다는
나를 위한 선택을 하게 된다.

사랑이 어려우면
존중부터라도 좋다.

남에게 못 할 말과 생각을
나에게도 하지 않는 것.

친한 친구에게 건네는 응원을
나에게도 보내 보는 것.

좋은 사람이 되려고 부단히 노력하지 말 것.

물론 이왕이면 친절하고 상냥한 게 좋지.

그러나 그건 그럴 가치가 있는 사람에게만.

우리는 모두에게 좋은 사람일 필요가
없다는 사실을 너무 늦게 깨닫는다.

어쨌든 우리는 생각한 대로 살게 된다.

스며들 듯이.

자신에게 첫눈에 와락 반해버릴 순 없어도

은은하게 존중의 태도를 가지게 되겠지.

아무도 나의 행복을
책임져 주지 않는다.

그러니 나를 위한 선택을 할 수
있는 건 용기 있는 나뿐이다.

적정다감

나는 다감하다.

다정은 모르겠다.

왜 다감은 늘 다정과
붙어 다니는 걸까?

자주 슬프고

비슷하게 기쁘다.

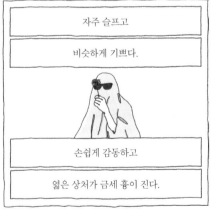

손쉽게 감동하고

옅은 상처가 금세 흉이 진다.

쉽게, 많이 느낀다.

나의 일에도, 남의 일에도.

남의 경사에 쉽게 기뻐했고

남의 비극에 오래 슬퍼했다.

이건 다감이고 다정은 아니잖아.

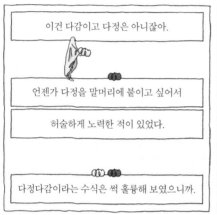

언젠가 다정을 말머리에 붙이고 싶어서

허술하게 노력한 적이 있었다.

다정다감이라는 수식은 썩 훌륭해 보였으니까.

남의 어려움에 말을 걸고,
떨리는 등을 오래 쓰다듬었다.

남의 기쁨을 축하할 궁리를 했고,
오물거리며 무언가를 만들었다.

그것이 삶의 기쁨이 될 때도 있었지만,

노력의 방향이나 정도가 온전치 못하여

때때로 마음이 따가웠다.

몹시 간혹 배반으로 돌아올 때도 있었고.

그런 시간이 쌓였다.

내 정이 정말로 도움의 이름을 가지는 걸까?

그것이 서로에게 부담이 되지 않을지,

한참을 머뭇거리게 되었다.

나는 여전히 다감하지만

다정까지는 모르겠다.

다정은 노력으로 가지게 되는 것이지만

다감은 태어날 때부터
물렁한 마음을 가지면 되는 거라서

다감은 쉽고 다정은 어렵다.

다정은 내내 고민하게 되는 것이어서.

굳이 수식을 붙인다면
적(適)정다감 정도가 아닐지 생각했다.

• 適: 맞을 적 (맞다, 알맞다)

EP. 2
다정은 아니고 다감은 맞다

　　다정, 정이 많음. 다감, 감정이나 감수성이 풍부함. 다정다감, 정이 많고 감정이 풍부함. 다정과 다감은 왜 자주 붙어 다닐까? 나는 다감하게 태어났지만 다정까지는 아니다. 다감은 나에게로 향하는 것이지만 다정은 남에게 향하는 것이므로. 나의 일에도 남의 일에도 독자적으로 웃고 운다. 다감은 예민과 이입의 문제이다. 다정의 전제 조건은 다감일까? 잘 배운 다정은 다감을 충족하지 않아도 가능한 것이 아닐까? 다정하면서도 다감하지 않은 사람이 있고, 다감하면서도 다정하지 않은 사람이 있고, 다정다감한 사람이 있다. 벤다이어그램을 그려보자면 다정과 다감의 중첩된 공간 위, 다감의 면과 다정의 선에 내가 서있다. 많은 감정을 느끼고 적당한 양의 정을 지니고 있다. 다정은 아니고, 다감은 맞다. 그래, 굳이 따지자면 적정다감이다.

　　이따금 감정의 진심을 의심하는 이들이 있다. '어~ 방금 영혼 없었던 것 같은데?' 영혼. 그들이 말하는 영혼은 진정성 혹은 진심이겠지? 나는

늘 진심이다. 방증할 길은 없다. (진심의 여부를 기어코 따지고 드는 무례
에는 진정성을 표하고 싶진 않다.) 많은 감정을 웃음으로 덮는다. 그러나
그 웃음이 거짓이라고 누가 말할 수 있을까? 그 웃음은 거짓이 아니다.
그 안에 숨은 다른 감정은 진실이고 그 위에 덮이는 웃음 역시 진실이다.
숨기고자 하는 마음에 진심인 웃음이다. 분위기에 대한 나의 오래된 진정
성이고. 감정마저 의심받고 싶지 않다. 내가 먼저 밝히지 않는 감정을 구
태여 들추는 것은 진정한 다정이 아니다. 어릴 적에는 들키고 싶은 일기
장이 있었다. 누구든 알아줬으면 하는 가녀린 감정이 있었으니까. 지금
은 아니다. 드러내는 것만 믿어줬으면 좋겠다. 그것이 내가 나를 구성하
고 싶은 것들이니까. 파고들지 않는 고요한 다정에는 나를 쉬게 하는 힘
이 있다. 웃음이 아닌 다른 감정을 끝끝내 터놓게 만드는 기운이고. 오
래된 진정성으로 살고 싶다.

개인의 취향

제 이야기를 해볼까 합니다.

이 모든 게 제 이야기긴 하지만
좀 더 개인적인 취향에 대해서요.

작가라는 이름을 얻으면서부터

취향에 관한 질문을 종종 받아왔습니다.

그 질문 앞에서 한참을 고민합니다.

모두가 기대하는 멋지고 확고한
취향이 있어야 할 것 같아서요.

아무도 모르는 인디 밴드를 좋아하고

수십 년간 수만 번 돌려 본
만화가 있어야 할 것 같습니다.

제가 아는 작가님들은 대부분 그랬으니까요.

나도 작가의 이름을 달았으니 그래야 하는 건가,

지금이라도 아무도 모르는, 멋지면서도
확고한 취향을 만들어야 하나 싶어요.

그러나 제 취향은요.

가수로 따지면

아이유, 자우림, 심규선, 선우정아,
잔나비, 어반자카파, 브로콜리너마저

를 좋아해요.

모두 음악 앱 순위권에 오르셨던 분들이죠.

만화로 따지면

아따맘마, 짱구는 못말려, 이누야샤

를 좋아해요.

제 동년배라면 누구나 봤을 만화들이죠.
아직도 작업할 때 틀어 놓아요.

누구나 이름만 들으면 아는 것들을 좋아하는 게

작가로서 그래도 되나 싶은데요.

그런 작가도 있는 거겠죠.

지금 와서 바꾸는 게 더 이상하고요.

이 얘기와 별개로

확고한 개인 취향을 가지고

그 한 분야를 파시는 분들이 몹시도 부러워요.

어쩌다가 그 장르에 폭 빠져서

이다지도 사랑하는 마음을 가질 수 있는지.

저에게도 그런 분야가 있었으면 하기도 하고요.

평범하고 흔한 취향을 가진 제가 싫지 않아요.

모든 취향은 존중받아 마땅하니까.

별거 없는 제 취향도 제가 존중할래요.

아무튼 모두
행복한 덕질 생활 되시길!

＃흉내

좀 흉내를 내며
살았던 것 같아.

처음 맡아보는 역할들이 너무 생경한데

어리숙해 보이는 건 왠지 싫어서

생경하지 않은 척, 능숙한 척, 겁먹지 않은 척

흉내를 내고 살았던 것 같다.

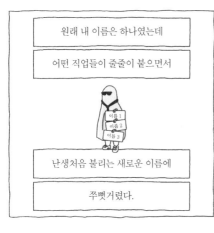

원래 내 이름은 하나였는데

어떤 직업들이 줄줄이 붙으면서

난생처음 불리는 새로운 이름에

쭈뼛거렸다.

그래서 구태여 흉내를 냈어.

서투르지 않은 척.

의연한 척.

몰래 봤던 어른의 그것처럼.

솔직히 책임지지 않을 수 있다면

책임지고 싶지 않았어.

치마폭에 숨듯이

이불 속에서만 고른 숨을 쉬고 싶었어.

가끔은 흉내를 내는 내가 우습기도 했어.

기특하기도 했고.

좀 안타깝기도 했고.

복잡한 마음이 들었지.

흉내를 내다보니

정말 그 모양에 가까워지는 느낌이 들기도 했다.

이름보다 뒤에 붙은 직업의 이름이

나와 더 가깝다고 느껴지기도 했고.

그게 나를 잃는 것은 아니라고 생각했다.

단지 내 모양이 두 개가 된 거라고.

두 개의 내가 있는 거라고.

그리하여 하나의 모양이 망가지면

다른 모양으로 도망갈 수 있게 되겠지.

그리고 나의 이름의 나는 망가지지 않는다.

언제든 도망 올 나의 이름이 있다.

나는 나의 모양.

줄줄이 붙은 직업의 이름은 이름의 모양.

좀 흉내를 내며 사는 것 같아.

서투르지 않은 척.

의연한 척.

몰래 봤던 어른의 그것처럼.

자신의 예술, 타인의 희생

자신의 예술을 위하여

타인의 희생을 강요할 순 없다.

예술뿐만이 아니다.

각자의 꿈은 각자의 것일 뿐이다.

나의 인생은 오로지 나의 것,

타인의 인생은 타인의 것이다.

그러니 타인에게

운이 좋게 얻을 수 있는

배려나 응원은 그뿐이다.

그것은 호의이지 권리가 아니다.

예술을 하려거든,

토대가 되는 물질적인 것들과

지속할 수 있는 건강한 마음은

결국 본인이 만들어야 한다.

끝없이 의존하고 찡찡대는 순간
그건 그저 어린애일 뿐이다.

예술가가 아니라.

다시 한번 말하지만

이건 예술에만 국한되지 않는다.

꿈을 이루는 모든 과정이 그럴 것이다.

성인이라면 원하는 이름은 본인이 얻어야 한다.

그리고 이건

매일 되새기기 위하여 쓰는 글이다.

나는 어른이고

이루고자 하는 바가 있고

어린애의 모습으로 살고 싶진 않고

마침내 성숙하고 싶다.

폐쇄적인 예술,

예술을 위한 예술

그것들 너머

현실과 더불어 있는 예술,

성숙한 예술

을 하고 싶다.

나아가자.

타인에게 기대지 말고.

다만 운 좋게 얻는 도움과 응원에는

몹시 감사한 마음을 가지고.

응, 할 수 있어.

\# 생각한 대로 살게 된다는 말

생각한 대로 살게 된다는 말은
도저히 믿을 수 없었다.

지금도 와락 믿지 못하고.

백억 부자 백수,

그런 터무니없는 것은 고사하고

꿈과 미래에 관한 것들이

내가 생각한 대로 된다고?

꿈이라는 것은

내일 저녁 메뉴처럼 현실적인 미래가 아니라

자동차가 날기도 하고 바다에 떠있기도 한다는

너무 먼 미래의 그것 같았다.

그래서 꿈은 꿈으로 남겨 두기 일쑤였다.

꿈은 풍선을 손에 쥐고 날 수 있는

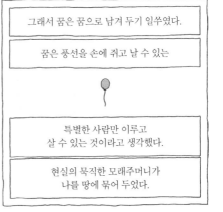

특별한 사람만 이루고
살 수 있는 것이라고 생각했다.

현실의 묵직한 모래주머니가
나를 땅에 묶어 두었다.

그런 질문이 있다.

좋아하는 일과 잘하는 일 중에
무엇을 직업으로 골라야 할까?

아주 어릴 때는 당연히
좋아하는 일이라고 답했으나,

커서는 잘하는 것이라고 답했다.

잘한다는 건 물질적 보상을
많이 얻을 수 있다는 것이고,

좋아하는 일은 물질적 보상이
없이도 계속하게 되는 것이니까.

통장의 여유는 곧 마음의 여유가 된다.

그럼 좋아하는 일을 원하는 대로
할 수 있는 여유가 될 것이고

그럼 좋아하는 일은 곧 잘하는 일이 되어,
그때는 또 다른 선택을 할 수 있을 것이다.

그러니 나는 이제

'잘하는 일은 업으로 삼고,

좋아하는 것은 그냥 계속해야 한다.'

고 믿는다.

그래서 허황하고 너무 먼 미래의 일 같은 꿈,

즉 좋아하는 일을 하면서 사는 꿈을

당장은 아니어도 이룰 수 있다고.

그럼, 정말 당장은 아니겠지만
언젠가는 원하는 모양으로 살 수 있다고.

생각한 대로 이루어지는 것,

여전히 그 말을 와락 믿지 못한다.

아직 가는 길목에 있으므로.

여전히 좋아하는 일은 중간에 머물고 있으므로.

그러나 믿어가고 있다.
생각한 대로 살게 된다는 말을.

도착지와 출발지

도착지라고 생각했던 곳은
늘 출발지였다.

대학, 직업, 관계.

어떤 이름을 가지기 위해서 달렸으나

그건 도착지가 아니었다.

내가 원하던 이름을 다는 순간

그건 다시 출발지가 되었다.

계단이 끝났다고 생각했는데

또 이어지는 더 높은 계단이 있을 뿐.

마치 여행을 가는 것과 같다고 생각했어.

나의 목적지는 제주도.

그러나 제주도에 도착하면

그제야 진짜가 시작되듯이.

그래서 이 과정을 즐기고 싶었어.

어떤 이름을 가지기 위해 뛰는 과정을.

그 이름을 가지면 더 잘 뛰어야만 할 테니까.

그때는 좀 더 재미없이, 어떤 의무를 지고.

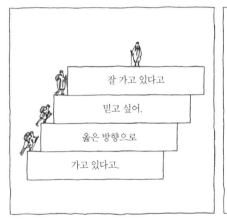

잘 가고 있다고

믿고 싶어.

옳은 방향으로

가고 있다고.

잘 가고 있어.

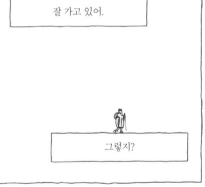

그렇지?

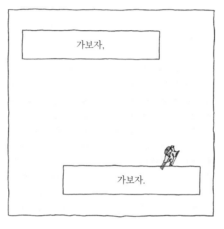

EP. 3
꿈의 문장

꿈, 꿈이라는 단어는 언제부턴가 거창하게 느껴졌다. 꿈을 명사로만 표현하던 학창 시절을 지나왔다. 생활 기록부 속 장래 희망 칸에 쓴 단어의 변화가 꿈의 전부인 줄 알았다. 꿈을 명사로 그리는 것이 맞을까? 이제 와 생각해 보니 꿈은 단일 명사가 아니라 긴 문장으로 표현되는 것이 맞다. 디자이너, 작가, 선생님과 같은 명사가 아니라 어떻게 살겠다는 문장. 그리고 남들이 공감하거나 부러워할 만한 세련된 묘사가 아니어도 된다. 내 맘 하나 편한 문장이면 된다. 생의 마지막에서 부끄럽지 않을 묘사면 무엇이든 상관없다.

지금까지는 단일 단어로 구성된 멋진 직업을 꿈꿔왔다. 그림으로 예술을 하는 게 멋져 보여서 화가를 꿈꿨고, 디자인이라는 단어가 멋져서 디자이너를 꿈꿨다. 멋지게 살고 싶다는 마음을 직접 드러내지는 않았지만 마음속 어딘가에 꼭꼭 숨겨 놓고 있었다. 그러나 이제는 마음 편하게 살고 싶다는 욕망이 크다. 좋아하는 것을 하면서, 불편하지 않을 만큼 돈을 벌고 (솔직히 가능하다면 많은 돈을 벌고 싶고), 나와 내 주변 이들에게 맛있는 식사를 여유롭게 대접할 수 있는 사람. 좋아하는 것을 하면서 안정적으로 생계를 유지하는 것은 생각보다 훨씬 어려운 일이니 참 어려운 꿈의 문장을 품고 있다.

　꿈을 꿀 수 있는 나이는 몇 살까지일까? 꿈을 꾸는 것에는 나이를 불문한다는 말에 동의하면서도 마음 한편에는 의구심이 들었다. 내가 정말로, 정말로 꿈을 꿀 수 있는 때는 현실적으로 언제까지일까. 꿈에 눈치를 담지 않는 나이, 나와 소중한 사람을 어느 정도 책임지면서도 꿈을 좇을 수 있는 나이, 그건 도대체 몇 살이라고 할 수 있을까. 알 수 없었다. 그러나 돌이켜보면 아주 어릴 때도 눈치를 보며 꿈을 꿨던 것 같다. 꿈은 꿈꾸는 자의 것이라는 말을 반만 믿었다. 경제적인 문제, 나에 대한 불신, 조급함과 같은 것들이 나를 턱턱 가로막았다. 좋아하는 것과 잘하는 것 중에 직업을 고르라면 무엇이냐는 질문에 끝내 '잘하는 것'이라는 답을 내놨다. 애초에 직업은 생계의 수단이었으므로. 잘하는 것으로 많은 돈을 버는 것이 옳다고 믿었다.

지금도 이 의견은 달라지지 않았다. 다만 좋아하는 것을 포기하지 않아야 한다고 생각한다. 당장 먹고사는 것이 문제가 되면 아무리 좋아하는 일이라도 이어 나갈 수 없다. 어쨌든 생계는 유지되어야 하므로. 버거운 말이지만, 어른이 된 순간부터 나의 복지는 오롯이 내 책임이다. 좋아하는 일을 계속 좋아할 수 있는 것은 생계를 막지 않는 것에 우선순위가 있다. 그러니 운이 좋게도 '좋아하는 것'과 '잘하는 것'을 모두 가지고 있다면, 생계유지 수단은 '잘하는 것'을 선택하는 것이 나은 결정이라고 믿는다. 동시에 좋아하는 것을 포기하지 않고 계속해 나간다면, 언젠가 생계 수단으로 채택되는 날이 올지도 모른다. 내가 절반쯤 증인이다. 그 길목에 있으므로.

나의 퇴사 이야기

무모한 행동,
성격상 그런 건 별로 안 해봤다.

늘 어떤 걸 후회할지 떠올리고

머리가 터질 듯 며칠 밤을 고민하고 또 하면서

최고의 선택을 하려고 노력했다.

어떤 일이든 대비책을 세우는 편이었고.

그렇게 살던 내가

무작정 퇴사했던 건

꽤 무모한 행동이었다.

아마 인생에서 했던
가장 무모한 행동이 아니었을까?

대학을 졸업하고 취업 준비 기간이
길어지면서 마음이 불안했다.

어디든 붙여만 준다면 들어가서
경력을 쌓자고 생각했다.

난생처음 들어보는 수십 개의
회사에 이력서를 넣었다.

크지도 작지도 않은 회사에 최종 합격했고

앞뒤 재지 않고 덜컥 입사했다.

정신없는 신입 생활이 시작됐다.

대기업의 협력사 내에서 설계팀 막내였던 난,

철저히 을의 처지에서 업무를 소화해야 했다.

예상과는 무척 달랐던

의미 없는 일들의 과한 반복이었다.

유능한 선배들은 줄줄이 회사를 나갔고

누군가의 말도 안 되는 지시를 해내야 했다.

배울 것도
성장할 것도 없는 곳에서

홀로 버티고 있는 느낌이었다.

퇴근 후에는

그렇게 좋아하던 글 한 장,
그림 하나도 만들어 내지 못하고

죽음과 같은 잠에 빠지는 날이 많았다.

나는 나를 잃어가고 있었다.

마음이 괴로워지면서

다시 펜을 들기 시작했다.

괴로운 마음을 글로 우수수 토해냈다.

고통의 근간에서 벗어나고 싶은 마음과

하고 싶은 걸 하면서
살아 보고 싶은 마음이 쏟아졌다.

어느 밤엔 이런 글을 썼다.

이렇게 겪고 버티다 보니, 내가 너무 아깝다는 생각이 든다. 내가 원하는 대로 살아봐도 되지 않을까. 이제라도, 지금이니까, 그리고 싶다는 생각이 든다. 그러나 고민해 보자. 너무 감정적이지는 않나.

퇴사를 원하는 이유 첫 번째, 고이고 싶지 않다. 이 업계에 수십 년간 다닌 사람들을 보자. 내 미래 모습이 보이나? 혹은 그렇게 되고 싶나? 아니다. 두 번째, 지금 내 삶이 내가 꿈꿨던 것과는 너무 다르다. 버텨서 성장할 가능성이 있나? 역시 아니다. 지금부터 꿈을 꾸지 않기에는, 나는 너무 젊다. 지금 순응하는 삶을 살면 영원히 순응하는 삶을 살 것만 같다.

그러면 무엇을 하며 먹고살 것인가. 주체적인 삶을 살며 돈을 벌기란 참으로 어려운 일이다. 회사원은 물론이거니와, 작가로서도. 그런데도 지금의 일은 인간으로서의 나, 그리고 일하는 사람으로서의 내가 모두 성장할 수 있다고 판단할 수 없다. 생계유지는 고사하고서라도.

무엇보다도, 오로지 나를 위한 선택을 해봐도 되지 않을까? 괴로워하는 나를 방치하지 말자. 그런 선택도 해보자.

그런 고민을 써내려 가던 어느 날,

사무실에 앉아 있는데

과호흡이 왔다.

숨이 충분히 쉬어지지 않는다는
느낌이 당황스러웠다.

재빨리 밖으로 뛰쳐 나가 진정하려고 애썼다.

그러나

'얼른 자리로 돌아가야 하는데'

하는 생각에 좀처럼 나아지지 않았다.

괴로웠다.

아, 이렇게까지 버텨내야만 하는 일인가.

그날, 사직서를 작성했다.

온전히 숨을 쉬고 싶어서.

마침내 나는 온전히 나를 위한,

평온만을 위한 선택을 했다.

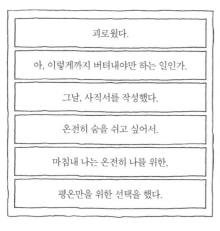

그날 일기에는 이렇게 적었다.

그만둔다고 생각하니 마음이 한결 가벼워졌다. 고민을 좀 접고 하고 싶은 대로 사는 것도 나쁘지 않겠다고 생각한다. 이렇게 살다가 죽기에는 아까울 것 같으니까. 그럼 살고 싶은 대로 살아봐야겠다. 이왕 태어난 김에, 물결에 휩쓸려서 남들이 정한 대로 살지 말고. 살고 싶은 대로 살아보자. 그래보자.

그만두고 뭐 할 거냐는 동료들의 질문에

'글쎄요, 뭐라도 하고 살지 않을까요.'
라고 답했다.

다들 이직을 숨긴다고 생각했는데

나는 정말 대책이 없었다.

마침내

동료들의 배웅을 뒤로하고 퇴사하던 날,

물론 기뻤지만

마냥 후련하지만도 않았다.

뭐 해 먹고살지.

뭐 먹고 살지.

다들 버티면서 잘 사는 데

나만 못 버티고 대책 없이 멈춰 있나.

소속이 없으면 나는 나를 뭐로 설명하나.

하며 불안해했다.

불안이 불쑥불쑥 올라올 때마다
지체 없이 글을 썼다.

삶은 다양하고 나는 어떻게든 잘 살아낼 수 있을 것이다. 그만두고 온전한 시간을 들여 하고 싶은 일들이 많았잖아. 지금 다 해보자. 지금이 아니었다면, 용기를 내고 결단하기까지 훨씬 더 오래 걸렸을 것이다.

포기하는 것에도 용기가 필요하다는 말이 가슴 깊이 다가온다. 나에겐 퇴사가 내 인생 첫 포기와도 같았다. 나는 무엇이든 아주 오래 하는 사람이었다. 늘 꾸준하다는 말을 들었던 사람. 졸업이 아니고서야, 또 다음 일자리를 구한 것이 아니고서야 내 의지대로 무언가를 끝내버린 건, 정말로 처음이다. 그 포기가 시원하지만은 않지만, 또 간헐적으로 불안해지지만, 그래도 나를 괴로움의 한가운데 방치하지 않고 끌어냈다는 것이, 포기했다는 것이, 대견하다.

손에 잡은 것을 놓아야 다른 것을 쥘 수 있다. 분명 그곳에서도 무언가를 잃지만은 않았을 것이다. 지금 내 선택도 나에게 무언가를 잃지만은 않게 할 것이다. 이 불안함은 익숙하지만 익숙해지지 않는다. 그래도 더 이상 겁내지만은 말고, 우울 속에서만 목 놓아 울지 말고, 다만 일상을 살아가자.

이번에는 급하게 마음을 먹지 않기로 했다.

취업준비생 시절처럼

불안함에 닥치는 대로 이력서를 넣는

마음가짐과는 다르게 살아보고 싶었다.

하고 싶었던 걸 해보자.
아주 차근차근.

근데 나는 뭘 하고 싶었더라?
그동안 썼던 글을 되돌아봤다.

내가 해보고 싶은 것
1. 글 배우기
   (에세이, 희곡, 꾸준히 쓰기)
2. 그림 그리기
   (모임 들어가기,
   꾸준히 그리기, 기록용 그림)
3. 베이킹 배우기
4. 악기 배우기
   (피아노, 기타)
5. 운동 배우기
   (수영)
6. 책, 영화 많이 보고 기록하기
7. 캐릭터 3d 프로그램 배우기

그리는 에세이라는
제목의 그림일기를
그리고 싶다.

삶에 대해서
거창하지 않게
느낀 것들을
기록하는 것.

그래, 그림 에세이부터 그려보자.

그림 에세이라는 장르를 몰랐을 때부터

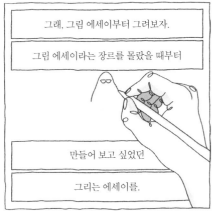

만들어 보고 싶었던

그리는 에세이를.

그렇게 2022년 11월 29일

'가벼운 것이 쉬운 것일 리 없다.'

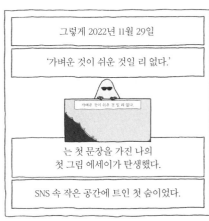

는 첫 문장을 가진 나의
첫 그림 에세이가 탄생했다.

SNS 속 작은 공간에 트인 첫 숨이었다.

작가라는 이름을 얻을 거라곤

상상치 못한 채
매일 쓰고 그렸다.

내 장단에 맞춰 홀로 열심히 춤을 추니

그 장단을 좋아하는 사람들이 모여
함께 춤을 추기 시작했다.

이제껏 느껴본 적 없는 기쁨이었다.

작가라는 호칭을 들으며

이곳저곳에서 출판 제의가 들어왔을 때,

작가로서의 미래를 꿈꾸면서도

자꾸만 과거를 되돌아보게 되었다.

쓰고 그리는 사람이 되기까지

얼마나 오랜 시간이 걸렸는가.

몇 시간이고 쉬지 않고 그림을 그리던 아이는,

살기 위해 글을 토해내던 아이는,

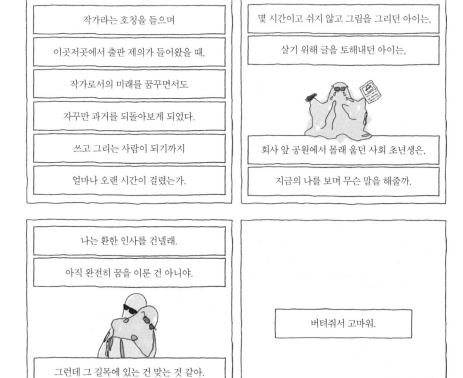

회사 앞 공원에서 몰래 울던 사회 초년생은,

지금의 나를 보며 무슨 말을 해줄까.

나는 환한 인사를 건넬래.

아직 완전히 꿈을 이룬 건 아니야.

그런데 그 길목에 있는 건 맞는 것 같아.

모두 너희 덕분이야.

버텨줘서 고마워.

EP. 4
퇴사와 삶

　일상이나 삶의 경험을 작품에 직접적으로 드러내는 것에 부담을 느꼈다. 두 가지 이유가 있다. 첫째, 내가 특정되는 순간 몰입이 깨질 것으로 판단했기 때문이다. 둘째, 애초에 에세이툰을 그리게 된 이유가 가볍게 일상을 공유하고 싶은 것이 아니었기 때문이다. 이 작품은 표현할 수밖에 없는 마음에서 시작되었다. 뜯어낼 수밖에 없는 생각, 나누고 싶은 마음, 공감받고 도리어 위안을 얻고 싶은 마음. 일상을 그리는 것은 고려의 범주에 있지 않았다. 더욱이 일상의 사건들을 재치 있고 담백하게 풀어낼 자신이 없었다. 어쨌건 독자님들은 내 일상이 아니라 단상과 문체를 좋아한다고 생각했다.

　다만 개인적인 이야기가 누군가에게는 도움이 될 수 있지 않을까 하는 마음으로 그렸다. 가령 퇴사와 새로운 직업을 가지게 된 이야기 말이다. 인간은 평생 이름을 부여받으며 산다. 탯줄로 연결된 순간부터 태명을, 태어나자마자 어쩌면 평생 불릴 이름을. 그뿐만이 아니다. 학생, 회사원,

프리랜서, 주부, 직업과 직급, 심지어 무직이어도 백수라는 이름이 붙는다. 내 진짜 이름은 특정 단어에 가로막힌다. 김 대리, 박 과장처럼. 그 가로막힘에 숨 막힐 때, 우리는 진화 혹은 변화를 갈망한다. 벽의 그림자에 메마르지 않도록 성장하고 싶어 하거나 벽을 피해 전혀 다른 길로 나아가거나. 물론 버티고 머무는 사람도 많다. 직업 외로 행복을 찾아 떠나는 사람들. 그리고 나는 일을 일로만, 일상의 행복은 일상의 행복으로만 남겨두는 편이 좋다고도 생각한다.

그러나 삶의 절반을 붙어있어야 하는 공간에서 견딜 수 없이 불만족할 때, 어떤 결단이 필요하다고도 생각한다. 버틸 것인가, 진화할 것인가, 변화할 것인가. 깊은 사유와 유기적인 판단이 우선 필요하겠지만 말이다. 그리고 모든 선택과 책임은 오로지 나의 것이라는 점을 잊어서는 안 된다. 나의 이야기는 나의 이야기일 뿐이니까. 우리는 모두 다른 삶을 사니까. 나는 나의 정답을 골랐다. 채점자가 나이기 때문이다. 애초에 오답이 없는 문제였다. 만약 당신이 지금 갈림길에 서 있다면, 이 이야기가 수많은 참고서 중 한 권이 되기를. 끝내 당신도 당신의 정답을 고르길. 정답은 당신 마음속에 있다.

2장

마음의 이름

사랑해 마지않는 나의 아이에게

사랑해 마지않는 나의 아이에게.

아이야.

선이 틀릴까 그리고 지우기를 반복하던,

뭐든 잘 해내고 싶어 하는 기특하고 안타깝던,

나의 아이야.

자꾸만 눈치를 보던,

남을 위해서 속상해도 참아도 보던,

일찍 철이 들어 버린

나의 아이야.

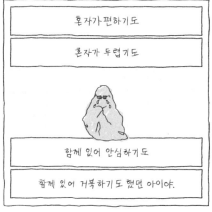

혼자가 편하기도

혼자가 두렵기도

함께 있어 안심하기도

함께 있어 거북하기도 했던 아이야.

이불 속에서 눈물을 삼키던
나의 어린 시절아.

마음 속에 여전히 겁을 먹고 있는,

여전히 살아있는

나의 아이야.

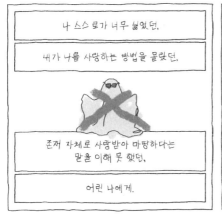

나 스스로가 너무 싫었던,

내가 나를 사랑하는 방법을 몰랐던,

존재 자체로 사랑받아 마땅하다는
말을 이해 못 했던,

어린 나에게.

이제는 괜찮아.

내가 나를 사랑하지 못했던 이유는,

단지 사랑받고 싶어서였다고.

좋은 사람, 멋진 사람이 되면 사랑받을 테니까.

나 자신을 옭아매고 닦달해서,

나는 나를 사랑할 여유가 없어서였다고.

아이야,
그러니까 이제는

내가 먼저 사랑을 줄게.
사랑해 마지않는 나의 아이야.

1인분과 칭찬

나는 어쩌면 아주 오래
칭찬받으려고 살았던 것 같다.

달콤한 말들이 좋았어.

칭찬을 들으면
가슴이 윙윙거렸다.

그래서 많이 노력하면서 살았다.

잘 해내면

칭찬해주고

마침내 나를 좋아해 주는 것만 같아서.

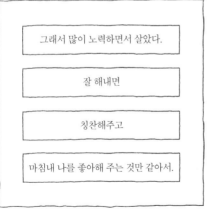

나는 무언가를 쉽게 사랑하게 되는데

왠지 다른 사람들은 아닌 것만 같았어.

그래서 어렵게라도 노력해서 사랑받고 싶었어.

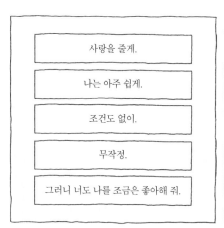

사랑을 줄게.

나는 아주 쉽게.

조건도 없이.

무작정.

그러니 너도 나를 조금은 좋아해 줘.

사랑받고 싶어.

존재 자체로.

뭘 잘 해내지 않아도.

어린아이들은 존재 자체로 사랑받잖아. 대개.

나는 이미 커버렸지만

여전히 나 자체로 사랑받고 싶었어.

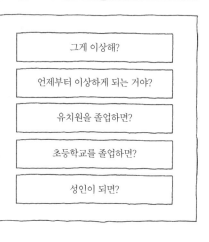

그게 이상해?

언제부터 이상하게 되는 거야?

유치원을 졸업하면?

초등학교를 졸업하면?

성인이 되면?

사람 마음엔 늘 어린이가 살지.

사랑받고 싶은 어린애.

걔는 언제부터 숨겨야 하지?

이미 커버렸으니까

1인분은 하면서 살게.

그런데도 가끔은

아무것도 안해도 사랑해 줘.

난 아주 쉽게, 무작정 사랑해줄 테니.

강인한 마음

강인한 마음을 가지고 싶다.

늘 흔들린다.

우리는 무대 위에서 산다.

늘 직간접적으로 평가 당한다.

칭찬받고 싶지만

매번 좋은 평가를 받을 수는 없다.

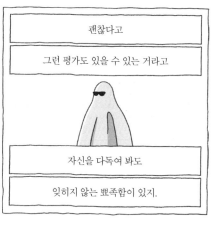

괜찮다고

그런 평가도 있을 수 있는 거라고

자신을 다독여 봐도

잊히지 않는 뾰족함이 있지.

이젠 그만 좀 무뎌질 때도 됐는데

도저히 그럴 기미가 보이지 않는다.

좀 참다가

몇 시간이고 며칠이고 참다가 울게 되는 시간.

'불합격입니다.'

'에이 별로다.'

혹은 표정이나 행동에서 드러나는 평가들.

공기 중에 떠다니는 평가의 흔적.

참을 수 없는 나의 부족함.

부족함을 활자로 보고 느끼고

마음이 떨려서

그냥 다 포기하고 싶고.

노력조차 버거울 때가 있다.

부족함을 인정하기가 어려운 순간들.

이 부족함을 평생 채워 나가야 한다는 생각에

막막함이 왈칵 밀려드는 순간들도.

내가 늘고 있는 건

실제 실력보다도

늦게 우는 법과

부족함을 드러내지 않는 법인 것 같다.

잘하는 걸 더 잘해 보이도록 행동하는 법과

부족함을 굳이 드러내지 않는 법.

다 잘하고 싶어.

완벽한 사람이 되고 싶어.

그러나 그렇지 않지.

견딜 수 없이 부족한 것들이 넘쳐나지.

그런데도 그만둘 수는 없잖아.

그래서 그냥 떨리는 마음을 끌어안아.

강인하진 않아도

버티는 힘을 기르고 있다.

산타와 책임감

책임감,

그것에 대해 말해볼까 한다.

나는 어릴 때부터 아무도 내 인생을
책임져 주지 않는다는 걸 알고 있었다.

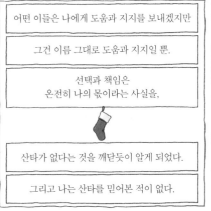

어떤 이들은 나에게 도움과 지지를 보내겠지만

그건 이름 그대로 도움과 지지일 뿐.

선택과 책임은
온전히 나의 몫이라는 사실을,

산타가 없다는 것을 깨닫듯이 알게 되었다.

그리고 나는 산타를 믿어본 적이 없다.

처음엔 그게 슬펐다.

누가 나를 좀 이끌어 줬으면,

은인 같은 사람이 운명처럼 나타나 줬으면,

마침내 나를 좀 책임져 줬으면 했다.

당연하게도

그런 사람이 동화 속 요정 할머니처럼
뿅 나타나지 않았다.

그러니 혼자 나아가야만 했다.

좋은 방향인지 알 수 없었다.

물론 좋은 사람들이 함께했다.

도움과 응원을 받는 순간들이 있었다.

그러나 늘 도움과 응원을 바랄 수는 없었다.

그들도 그들의 삶이 있으니까.

내가 주인공이라고 그들이 엑스트라가 아니다.

그들은 각자 모두 주인공이었고,
각자의 삶으로 뚜벅뚜벅 걸어 나갔다.

혼자인 시간에도

나는 나를 믿고 선택해야 했다.

내 선택에 책임을 져야 했고,

맡은 일에 책임을 져야 했다.

책임의 무게를 알기 때문에

모든 선택과 집중이 두려웠다.

남의 합리적 선택을 무작정 따라할까 하다가도,

완전히 같은 삶은 없기에

비슷한 상황에 놓인 사람의 선택도

참고서일 뿐, 정답지가 아니었다.

정답지가 없는 것은 두려운 일이었다.

처음에는 그랬다.

그러나 오답이 없다는 것도 기쁜 일이었다.

채점자가 나라는 것도 다행인 일이었다.

그 어떤 것도 후회하지 않는다.

앞으로도 후회하지 않을 것이다, 분명.

늘 최선을 다해 고민했고

그 선택에 책임지고 있으니까.

대책 없는 젊음

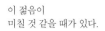

이 젊음이
미칠 것 같을 때가 있다.

뜨겁고 싱싱한 것을 대책 없이
안고 있다는 생각이 든다.

너무 젊어.

젊음의 한 가운데에 있다.

어떻게 쓰든

후회할 것만 같다.

젊음은 한 번뿐인데

예행연습 같은 게 없으니.

다 망쳐버리면 어떡하지?

이 젊음을

허투루 다 날리면 어쩌지.

마침내 후회하더라도,

심장이 터질 것처럼 울부짖더라도

되돌리지 못할 텐데.

그런데도
이렇게 살라 저렇게 살라 하는

이렇게 살라 저렇게 살라

조언이나 글은
당최 읽고 싶지 않다.

이런 마음은

인생을 숙제처럼 살아서 그런 것일까.

암묵적인 진도를 나가듯이.

초, 중, 고, 대학교, 취업, 결혼과 잉태.

언젠가

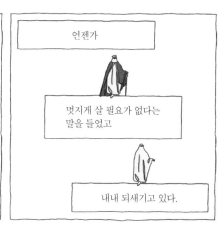

멋지게 살 필요가 없다는
말을 들었고

내내 되새기고 있다.

나는 나를 사랑한다.

아니, 정확히는 사랑하려고 노력한다.

그러나 정말 나를 사랑하려고 하는 게 맞아?

멋진 나를 사랑하는 건 아니고?

멋진 나로 나아가는 것도

나를 위한 일이지만,

그냥 나를 인정하는 것이,

초라하고 평범한 나를 인정하는 것이

진정한 사랑의 첫걸음이라고

믿는다.

몹시 휘청인다.

휘청이는 청춘.

그게 썩 멋있는 형태는 아니다.

단지 즐기고 싶다.

무릎이 건강할 때

마음껏 휘청이고 일어나보려고 한다.

물론 무릎이 안 좋아져도
일어날 방법은 많겠지.

모쪼록 인생을
숙제처럼 살지는 않을 것이다.

EP. 5
#아이의 마음으로 가누는 어른의 생

누구나 마음속에 어린아이가 산다. 빨래 건조대에 이불을 널어 만든 비밀기지 안에. 사랑해 마지않는 아이의 눈빛은 모든 것을 빨아들일 것처럼 반짝인다. 다만 곧잘 휘청거릴 뿐이다. 불안을 가득 안고 이불 속에서 더운 숨을 몰아쉬던 나의 아이. 찡그린 불안과 말릴 수 없는 충돌에 시큰한 밤을 견딘다. 내내 아이의 마음으로 나 하나를 가누며 산다. 타고난 예민한 기질 때문일까. 마음이 불안하고 저리다. 단단해졌다고 믿는 순간 무너지고, 괜찮다고 안심하는 순간 툭 꺼진다. 언제쯤, 언제쯤 구겨지지 않는 밤을 보낼 수 있을까.

다른 사람들은 나를 어른스럽다고 표현한다. 단단한 마음을 가졌으리라 추측하는 것이 마땅한 순서겠다. 그러나 나는 어른이 되길 강요받았던 어린아이의 마음으로 살고 있다. 선택을 마주하는 매 순간이 두렵다. 새로운 상황에는 덜컥 겁을 먹는다. 누군가의 거대한 어깨에 얼굴을 파묻고 선택을 떠넘기고 싶다. 그렇지 않은 척할 뿐이다. 그렇게 하지 않을 뿐이고. 애초에 나는 어릴 때부터 아무도 내 인생을 책임져 주지 않는다는 걸 알고 있었다. 그 사실을 산타가 없다는 것을 깨닫듯이 알게 되었고. 그리고 나는 산타를 믿어 본 적이 없다.

산타를 믿지 않는 아이의 마음으로 사는 지금의 나. 그런 내가 싫거나 그 때문에 누군가를 원망하진 않는다. 나의 속성이라고 인정했을 뿐이다. 그러나 문득 궁금해진다. 어른의 속성은 무엇일까. 아이의 마음은 또 무엇이고. 자라나는 마음과 성숙한 마음, 시드는 마음은 어느 경계선에 있을까. 하나의 경계선은 책임감이겠지. 책임감을 깨닫지 못한 마음, 책임지는 마음, 책임을 내려놓고 싶은 마음. 자라나는 마음은 몹시 짧았다. 시드는 마음은 너무 이르게 찾아왔고. 책임은 지고 있지만 금방이라도 그만두고 싶은 마음을 내내 품었다. 성숙과 쇠약 사이에서 머뭇거렸다. 마음은 빠른 속도로 쇠락하는데 몸에는 여전히 생의 기운이 가득했다. 그 괴리에 자주 울었다.

다만 글을 썼다. 아이의 마음을 한 어른일 때 기꺼이 펜을 들었다. 물에 빠졌다가 겨우 육지로 쓸려 나와 콜록거리듯이 썼다. 글은 익사 직전의 아이와 소통하는 수단이었다. 듣고 싶었던 말을 썼다. 그 아이가 듣고 싶은 말은 진작 알고 있었다. 글에 담아서 말할 뿐이었다. 외면했던 어린 마음을 파고들었다. 가끔은 글이 자기혐오와 절망, 체념으로 치닫기도 했다. 그래, 솔직히 자주 그랬다. 그러나 늘 그런 것도 아니었다. 작은 빛, 나지막한 기상이 이따금 고개를 들었다. 그렇게 무엇이든 썼다. 불가항력적으로 자주 글을 쓰면서 점차 정말 어른이 되어가는 것 같았다. 단단한 마음을 가진 사람이. 여전히 성장과 성숙, 쇠약 사이를 머뭇댄다. 한결같이 머뭇거리는 사람이다. 그러나 이제는 쓸 줄도 아는 사람이다. 활자로 중심을 잡는 인간.

불행을 상상하는 일

불행을 상상하는 일이

나를 갉아 먹는
일이라는 걸 알면서도

알면서도 멈출 수 없는 건

타고난 기질 때문일까.

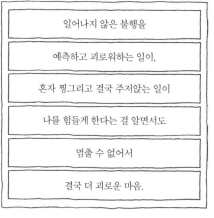

일어나지 않은 불행을

예측하고 괴로워하는 일이,

혼자 찡그리고 결국 주저앉는 일이

나를 힘들게 한다는 걸 알면서도

멈출 수 없어서

결국 더 괴로운 마음.

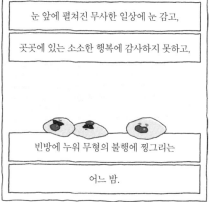

눈 앞에 펼쳐진 무사한 일상에 눈 감고,

곳곳에 있는 소소한 행복에 감사하지 못하고,

빈방에 누워 무형의 불행에 찡그리는

어느 밤.

타고난 성향 때문이라는 말이 위로되지 않을 때,

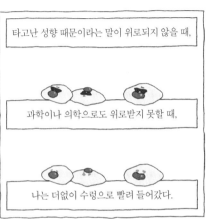

과학이나 의학으로도 위로받지 못할 때,

나는 더없이 수렁으로 빨려 들어갔다.

지금껏 괜찮았잖아.

내가 무슨 반반 치킨도 아니고

기뻤던 만큼 꼭 슬퍼야 하냐고

자조하는 어느 밤.

그러면서도

슬펐던 만큼 기쁠 것도 알기에
견뎌보는 마음.

회복력이 좋은가 보다.

기쁜 마음, 슬픈 마음 모두

떼어내고 떼어내도 또다시 자라난다.

이걸 웃어야 하나, 울어야 하나.

계속 이렇게 반반 치킨으로 살 거라면

차라리 그런 나를 미워하지 말자고 빌어야겠다.

이런 나를 인정하자고.

불행을 예상하는 나를 미워하지 말고,

더불어 행복한 미래를 상상할 수 있기를.

슬픔의 명명

슬픔을 보내는
제 방법을 나눠볼까 합니다.

별 건 없습니다.

그저 슬픔에
이름을 붙여 보는 거예요.

물론 어떤 슬픔은 그저 슬픔이기도 합니다.

그건 차라리 우울이라고
부르는 것이 더 옳겠습니다.

그런 때에는 초코바 껍질이
까지지만 않아도 슬프죠.

아니 차라리 초코바를
깔 의지조차 없는 쪽에 가까울까요?

어쨌든 슬픔을 없애고 싶다는
의지가 있을 정도일 때면

슬픔에 이름을 붙여 봅니다.

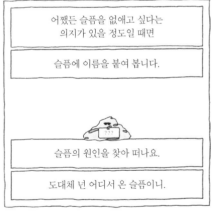

슬픔의 원인을 찾아 떠나요.

도대체 넌 어디서 온 슬픔이니.

초조함, 그래 초조함이었구나.

불안, 그래 미래가 걱정됐구나.

질투, 그래 질투가 났구나.

원인을 이름으로 붙여줍니다.

그리고 성을 붙여주는 거예요.

좀 더 구체적으로.

초조함, 나만 뒤처질 것 같은 초조함.

불안, 곧 다 망쳐버릴 것만 같은 불안.

질투, 부끄럽지만 생겨나는 뜨거운 질투.

이렇게요.

왜 이 방법을 떠올렸냐면요.

슬프다고 쓰는 게 지겨워서요.

슬픔에만 머물고 싶지 않아서요.

그럼 도대체 어떤 슬픔인지나 써보자,

너 이름은 도대체 무어냐,

하면서요.

이름을 붙이면

잡히지 않을 것만 같던 슬픔이

손에 잡히는 느낌이더라고요.

그러면 한참 대화하다가 보내줄 수 있어요.

잘 가, 슬픔아.
슬픔의 가면을 쓴 것들이여.

이름을 붙여 줬으니
이제 성불하렴.

오히려 가짜는 늘 싱싱해

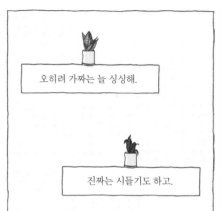

오히려 가짜는 늘 싱싱해.

진짜는 시들기도 하고.

조화, 음식 모형, AI 아바타.

늘 완벽하고 반짝이는 것들은 사실 가짜야.

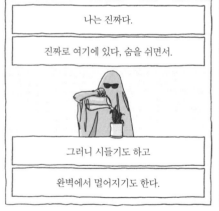

나는 진짜다.

진짜로 여기에 있다, 숨을 쉬면서.

그러니 시들기도 하고

완벽에서 멀어지기도 한다.

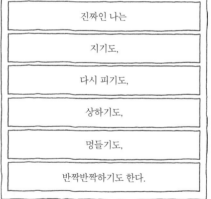

진짜인 나는

지기도,

다시 피기도,

상하기도,

멍들기도,

반짝반짝하기도 한다.

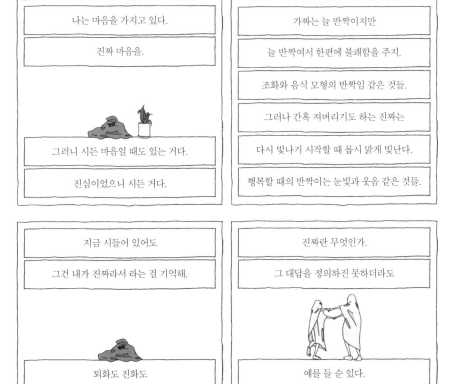

나는 마음을 가지고 있다.

진짜 마음을.

그러니 시든 마음일 때도 있는 거다.

진심이었으니 시든 거다.

가짜는 늘 반짝이지만

늘 반짝여서 한편에 불쾌함을 주지.

조화와 음식 모형의 반짝임 같은 것들.

그러나 간혹 져버리기도 하는 진짜는

다시 빛나기 시작할 때 몹시 맑게 빛난다.

행복할 때의 반짝이는 눈빛과 웃음 같은 것들.

지금 시들어 있어도

그건 내가 진짜라서 라는 걸 기억해.

퇴화도 진화도

모두 진짜인 나의 것이다.

진짜란 무엇인가.

그 대답을 정의하진 못하더라도

예를 들 순 있다.

나와 너와 우리의 생생한 움직임.

웃든 울든
감정에 솔직한 것.

견디려는 마음.
결국 무너지고 마는 마음, 모두.

삶의 명랑함을 잃지 않으려는

진짜 마음.

혼자 있는 순간

혼자 있는 순간에
나의 불행은 시작된다.

그 원인이 누군가와 함께 있던
순간에 있을지라도.

혼자가 되는 순간

와글거리는 생각에
둘러싸인다.

그 생각은

나쁜 방향으로 곤두박질치기도 해서

결국은 일어나지도 않을

최악의 도착지에 다다른다.

나에게는 껍질이 있다.

물리적으로는 피부가 있고

정신적으로는 표현의 껍데기가 있다.

말과 행동이라는 껍데기가

온전한 감정일 리 없다.

더욱이 부담이 되고 싶지 않다.

날 것은 타인에게도 자신에게도 부담이 되므로.

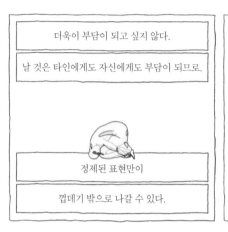

정제된 표현만이

껍데기 밖으로 나갈 수 있다.

껍질 안에 나는
다 녹아버린 사탕처럼

끈적하고 불쾌하다.
분리할 수 없이 엉망이다.

이미 녹아 진창인 껍질을

이제는 까고 싶어도 깔 수 없다.

다만 버리고 있지 않을 뿐이다.

악착같이 쥐고 있을 뿐이다.

예전에는 껍질을 까줄 사람을,

엉망진창인 나라도 매만져 줄 타인을 원했다.

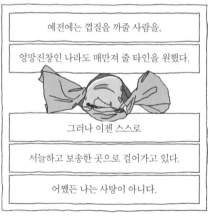

그러나 이젠 스스로

서늘하고 보송한 곳으로 걸어가고 있다.

어쨌든 나는 사탕이 아니다.

껍질은 평생 입고 있겠지.
피부를 벗겨낼 수 없듯이.

피부와 말은
당연히 다듬을 수밖에 없다.

그러나 보송한 곳으로 옮겨간 나는,

껍질 안에서도 안락할 것이다.

기꺼이 다른 사탕과도 와글거릴 것이고.

＃ 평온과 단절

평온은

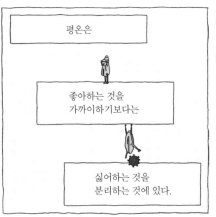

좋아하는 것을
가까이하기보다는

싫어하는 것을
분리하는 것에 있다.

호캉스의 목적은

일상과의 단절에 있다.

빨래와 설거지로부터,

언젠가의 눈물이 밴 베갯잇으로부터.

삶의 희로애락으로부터

분리되는 일.

보송한 침구에서

전에 없이 깨끗한 내가 되어 보는 것.

삶이 내내 그러하다.

싫어하는 것에서 벗어나는 일에
많은 힘을 쏟고 있다.

평온함에 다다르는 것.

그건 걷는 일이 아니라 걷어내는 일이다.

불안과 슬픔을 걷어내고

미워하는 마음을 걷어내는 것.

도망가는 것도 용기라는 것을
나는 너무 늦게 깨달았다.

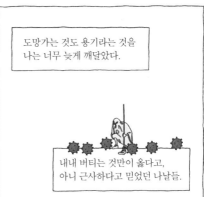

내내 버티는 것만이 옳다고,
아니 근사하다고 믿었던 나날들.

그리고 도망가는 일이,

무언가에서 분리되는 일이

엄청난 힘이 드는 일이라는 것도

너무 나중에 안 일이었다.

어딘가에 가까이 가는 것보다

멀리 가는 것이 더 어려운 일이라는 것 또한.

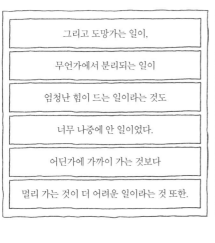

나는 평온할래.
내내 그러고 싶었어.

그러면
나 분리되어도 되는 거지?

그게 누군가에게는 아쉬움을 줘도

누군가에게는 미움을 받아도

그래도, 그래도 되는 거지?

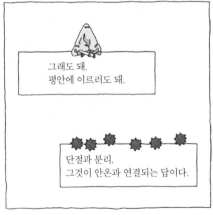

그래도 돼.
평안에 이르러도 돼.

단절과 분리.
그것이 안온과 연결되는 답이다.

EP. 6
무형의 불행, 유형의 숨

나쁜 것은 내 것 같았다. 마음에 슬픔과 불안이 드리우면 '원래의 나로 돌아왔구나' 하고 생각했으니까. 전등이 켜지지 않은 축축한 방은 아주 내 것 같았다. 불이 켜진 선선한 공간은 영 생경했다. 전등도, 빛도, 에어컨도, 전기도 모두 빌려온 것이니까. 유용하고 밝은 것들은 모조리 잠깐 곁에 있는 것 같았다. 상기할 수도, 회귀할 수도 없는 엄마의 뱃속을 생심코 상상해 본다. 어둡고 축축하고 소리가 둔탁하게 울리는 곳. 그 속에서 반쪽짜리 인간의 얼굴을 가지고 웅크린 태초의 나. 그것이 나의 본질일까 하다가 그마저도 빌린 공간이었다는 것을 깨닫는다. 생겨난 순간부터 걸치고 쐬고 마시고 누린 모든 것들을 빌리며 살았구나 싶었다. 그런데도 어둡고 축축한 것들이 어째서 원래 내 소유 같은지를 의문한다.

불행하지 않은 날에도 불행을 상상했다. 미래에 몰래 숨어 있을 지뢰를 떠올렸다. 먼 미래 속에는 나를 차갑게 이용할 타인, 나에게 질릴 지인, 혼자 남겨져 눈물을 쏟을 내가 둥둥 떠 있다. 그렇지 않을 것을 알면서. 쉬이 이용당할 내가 아닌 걸 알면서, 묵묵히 응원하는 지인이 단단히 있다는 것을 알면서, 눈물 쏟더라도 다시 일어날 나를 알면서. 그래, 알면서도. 알면서도 불행을 떠올리는 일을 멈출 수 없던 날, 나는 기어코 무너졌다. 아무것도 아닌 것에. 아무 일도 없을 것을 알면서도. 무색무취의 상상에 기어이. 아무것도 아닌 것에 무너진 날에는 아무것도 나를 일으킬 수 없다. 나를 쓰러트린 대상에 형태가 없다는 것은 바로 이런 것이다. 그 어떤 것도 나를 일으킬 수 없다는 것. 대상은 무명이며 무형이기 때문이다.

무형의 슬픔을 성불시키기 위해서 펜을 든다. 무명이면 명명하면 된다. 무형이면 유형으로 만들면 그만이다. 묻는다. 네 이름은 뭐니? 이름을 붙여준다. 멋진 이름은 아니다. 불안, 찌질, 초라, 질투와 같은 단어들이 줄줄이 붙는다. 그 아이들을 묘사한다. 두서가 없어도 상관없다. 수제비 반죽처럼 슬픔의 형상을 뜯어와 모양을 빚는다. 말쑥한 모양일 필요는 없다. 유려

한 문장일 필요도 없다. 주어와 술어가 맞지 않아도 상관없다. 그저 솔직하게 와르르 쏟아낸다. '내가 퇴보하는 한심한 인간이 될까 봐 겁나. 남들은 다 잘 사는 것 같은데 나 혼자 우울한 것 같아서 슬퍼. 남의 성공에 질투하는 내가 추악해. 앞으로 나가지 못하는 자신이 초라해서 못 견디겠어.'

　글을 쓰는 동안에 마음에서 무언가 툭툭 떼어진다. 그러나 마음은 고체도 액체도 아닌 진득한 형상이어서 멀끔하게 떨어지진 않는다. 애초부터 완전히 괜찮아지기를 바란 것이 아니라 괜찮았다. 또 그 자리에 새로운 슬픔이 들러붙을 것을 알아도 관계없었다. 당장 무거워서 가라앉고 있는 나를 다시 수면 위로 꺼내는 일에만 집중했다. 어쨌든 오늘 숨을 쉬면 내일이 있으니까. 그러면 뭍에서 머물 수 있으니까. 머무름의 의미를 알지는 못해도 머무는 것에 집중했다. 즉시 아름다워지지 않아도, 강해지지 않아도 괜찮았다. 행복까지 가지 않아도 되었다. 그저 나는 나를 알고 싶었다. 마침내 나와 친해지고 싶을 뿐이었다. 그래서 주어진 생을 마음대로 살아보고 싶었다. 슬픔에 잠식당하지 않고, 불행이 와도 아주 무너지지 않고, 빌려온 기쁨을 내 것인 양 진탕 누리면서. 그래서 오늘도 쓴다. 한참을 누워있다가, 추적추적 울기도 하다가, 펜을 든다.

슬픔의 표정

슬픔의 표정이

눈물짓는 것만이 아니라는 것을
알아챈 것은 언제부터일까?

슬픔의 표정이

우리가 배웠던 그것이 아니라는 것을 알았을 때,

나는 끝내 더 슬퍼졌다.

우리는 언제부터 눈물을 감추고

슬픔을 감추고

기어이 찡그린 마음을 가지게 되었나.

온 얼굴의 근육에 힘을 준,

아니 온 근육에 힘이 빠진,

그런 힘의 동태가 모두 슬픔의 얼굴이라는 것을

나는 너무 어린 나이에 알았다.

모든 웃음이 기쁨의 얼굴이 아니듯이

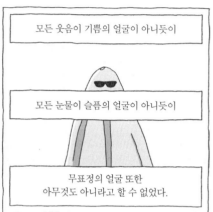

모든 눈물이 슬픔의 얼굴이 아니듯이

무표정의 얼굴 또한
아무것도 아니라고 할 수 없었다.

그래서 사람의 표정은

마음과 한참 다를 수 있다는 것을

나는 너무 일찍 알았다.

슬픔이 슬픔의 표정이 아닌 것.

나는 그걸 일찍이 알아챘지만

알아챈 척하지 못하였고,

마침내 힘을 주지 못했어.

온몸에 힘을 꽉 주고 있는 사람은 사실

온 근육에 힘을 놓고 싶어하는 것 같아서.

끝내 내가 배웠던 슬픔의 표정으로 우는 사람은,

마침내 날 것의 얼굴을 한 사람은

더 이상 꽉 쥘 수 없는 힘 때문인지

구태여 터져 나와 버린 찡그린 감정 때문인지

알 수 없었다.

슬픔을

슬픔의 얼굴이 아닌 것에서 발견할 때

나는 다가설 수 없었다.

그것이 나를 더 서글프게 했다.

그렇다고 날 것의 얼굴에서

서글픔을 느끼지 않을 수도 없었고.

견디는 시간 속 대답하지 못하는 초라함

견뎌내야만 하는
물리적인 시간이 있는 걸까?

참아내야만 하는 고통도?

지금 당장 원하는 것을 얻지 못해도

무언가를 잃는 것만 같아도

그래도 얻는 것이 있을까?

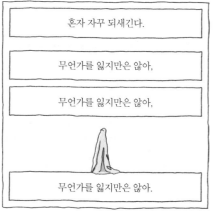

혼자 자꾸 되새긴다.

무언가를 잃지만은 않아,

무언가를 잃지만은 않아,

무언가를 잃지만은 않아.

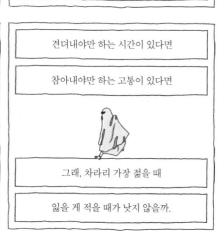

견뎌내야만 하는 시간이 있다면

참아내야만 하는 고통이 있다면

그래, 차라리 가장 젊을 때

잃을 게 적을 때가 낫지 않을까.

묻지 못하는 슬픔이 있고

대답하지 못하는 초라함이 있어,

나는 기꺼이 침묵을 선택한다.

내비치지 못하는 참담함이 있고

헤아리지 못하는 다정이 있어,

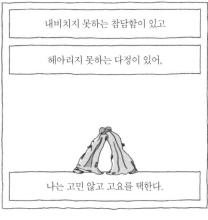

나는 고민 않고 고요를 택한다.

담지 못하는 까닭이 있고

해치고 싶지 않은 평온이 있어,

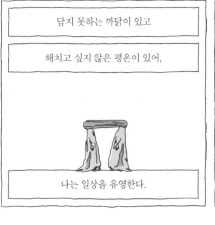

나는 일상을 유영한다.

오래 허공을 응시한다.

혼란한 눈빛을 주워 담는다.

꽁꽁 묶여있지 못해 흔들리는 마음이

바들거린다.

견뎌내야만 하는 시간이
바들거린다.

무명의 감정들

고요한 붕괴

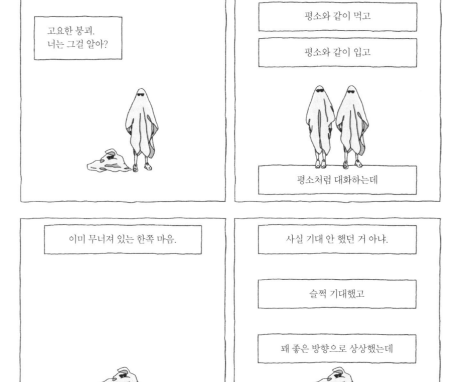

고요한 붕괴.
너는 그걸 알아?

평소와 같이 먹고

평소와 같이 입고

평소처럼 대화하는데

이미 무너져 있는 한쪽 마음.

고요하게 황망한 마음.

사실 기대 안 했던 거 아냐.

슬쩍 기대했고

꽤 좋은 방향으로 상상했는데

역시나, 그래 역시나.

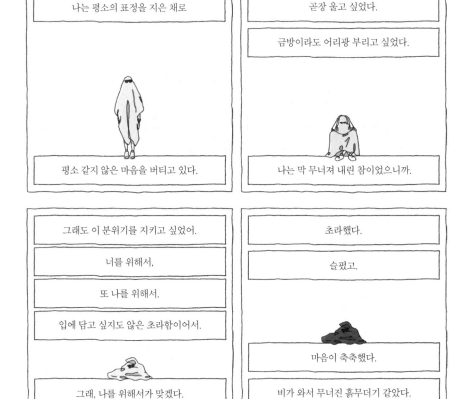

나는 평소의 표정을 지은 채로

평소 같지 않은 마음을 버티고 있다.

곧장 울고 싶었다.

금방이라도 어리광 부리고 싶었다.

나는 막 무너져 내린 참이었으니까.

그래도 이 분위기를 지키고 싶었어.

너를 위해서,

또 나를 위해서.

입에 담고 싶지도 않은 초라함이어서.

그래, 나를 위해서가 맞겠다.

초라했다.

슬펐고.

마음이 축축했다.

비가 와서 무너진 흙무더기 같았다.

자주 슬픔이라고 배운 표정으로 슬프지 않다.

평소의 표정으로 슬프다.

날 것의 표정을 드러낸 적은 언제가 마지막인가.

고요한 붕괴.

평소의 표정으로,

평소의 마음이 아닌 것을 버틸 때,

결국 더 무너지는 마음.

물리의 위치

지난날엔 물리적인 것들은
별거 아니라고 생각했다.

그건 모두 마음의 문제라고.

물리적인 거리, 물질적인 것들

그런 것들은 부서지지 않는 마음 아래에서는

아무것도 아니라고.

그러나 물리적인 것들은

점점 나에게 별 게 되었다.

물리적인 거리와 물질적인 것들.

거리와 물질.

손에 닿는 것들.

그런 것들은 내 마음 위에 턱 서서

마음을 부서트리기도 했다.

거리, 손에 닿지 않는 거리가 생기면

곧 마음의 모양을 읽기가 어려웠으며

끝내 그 완전한 모양을 가늠할 수 없게 되었다.

물질, 안정적인 물질의 공급이 없으면

곧 예민의 모양이 되었으며

끝끝내 낭만마저 훔쳐 가기도 하였다.

예전에는

그러니까 책임질 것이 없을 때는

마음은 맨 위의 것,

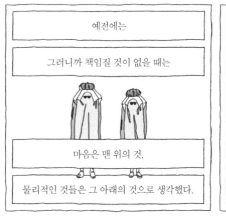

물리적인 것들은 그 아래의 것으로 생각했다.

그러니까 멀리 있더라도

아주아주 가끔만 보더라도

마음은 언제까지고
온전한 모양일 것이라고 믿었다.

또 물리적인 것이 충족되지 않더라도

사랑과 낭만은
끝내 부서지지 않을 거라고 믿었다.

그러나 이제는

마음은 그것들과 동등한

혹은 하위의 것이 된다고도 생각한다.

자주 하위에 속하게 되었고.

부서지지 않는 마음.

그것은

손에 닿는 거리와

입에 들어오는 먹거리의 아래에 있다.

그래서 오늘도 일말의 노력을 한다.

부서지지 않으려고.

나를 끝내 울리는 것들

나를 끝내 울리는 것들은
몹시 사랑하는 것들이었다.

사랑해 마지않는
귀한 것들과 사람들.

반대편에 서 있다고 생각했던 개념들은

사실 꼭 붙어 있는 것들일 때가 많았다.

사랑과 상처 같은 것들.

세상은 만화처럼

명확한 악당이 있지 않다.

악인은 정해져 있지 않다.

악당을 피하면 갈등을
피할 수 있는 만화 속 세상과 달리

내 세상에선 사랑하는 이가 악당이 되기도 한다.

그것은 절대 악이 아니기 때문이다.

사랑하는 것들은 상처를 준다.

이게 참 잔인하게 들릴 수는 있지.

그렇지마는

약간의 상처조차도 주고받지 않은 사이는

결코 깊은 사이가 될 수 없다.

잔인한 진실이다.

간혹 나를 아프게 하는 이가

생면부지의 사람 혹은

내 사람의 범주 안에 들어 있지 않은 이라면,

사랑하는 이의 안에서 왈칵 쏟아내면 그만이다.

그러나 나를 괴롭게 하는 이가

내 사람이라면,

미지근한 침대에 혼자 누워

결국 홀로 울고 마는 것이다.

강요받는 용서가 있어서는 안 된다고,

용서는 오로지 피해자의 것이라고

말하면서도

나는 나에게 용서를 강요하고 있는 듯하다.

그러고 싶지 않은 마음과 충돌하여

끝끝내 미어질 뿐이다.

남들에게는 쉽게 말하는
관계의 절단이

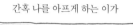

나의 일이 되면 얼마나 힘든지를
겪어본 사람만이 알 것이다.

관계는 너무 유기적이다.

시간의 층과

사람의 층과

감정의 층으로

조밀하게 얽혀있다.

그러므로 쉽게 끊을 수 없다.

그리하여 홀로 울게 하는 것들은

결국 내가 사랑하는 것들이라는 것을,

나는 너무 늦게 깨달았다.

EP. 7
견디는 슬픔의 기원

　슬픔의 표정이 눈물짓는 것만이 아니라는 것을 알아챈 것은 언제부터일까? 온 얼굴의 근육에 힘을 준, 아니 온 근육에 힘이 빠진, 그런 힘의 동태가 모두 슬픔의 얼굴이라는 것을 몹시 어린 나이에 알았다. 너무 많은 슬픔을 견디며 산다. 견디는 표정은 찡그리고 있는 것만이 아니다. 찡그려진 것은 마음이다. 나는 고요하게 붕괴한다. 다만 웃음이나 무표정으로 가려질 뿐이다. 슬픔의 표정이 우리가 배웠던 그것이 아니라는 것을 알았을 때 나는 끝내 더 슬퍼졌다. 그러나 내가 배웠던 슬픔의 표정으로 우는 사람에게도, 마침내 날 것의 얼굴을 한 사람에게도 다가설 수 없었다. 일찍이 알아챘지만 알아챈 척하지 못하였고.

　견디는 슬픔은 각각 어디에서 온 것일까. 슬픔은. 견디는 마음은. 마음은 현실과 동떨어진 것이라고 생각하던 때가 있었다. 마음에서 나오는 것들은 모두 낭만적이었고 현실의 것들은 너무 척박했다. 글, 낭만적. 그림, 환상적. 돈, 척박함. 일, 매정함. 그러나 현실은 생이고, 삶이며, 내가 머무는 이곳이다. 견디려는 마음은 결국 생을 위한 것이고. 물리적인 것들은 별거 아니라고 생각했었다. 그건 모두 마음의 문제라고. 그러나 어른이 되고 현실을 살면서 깨달았다. 물질, 안정적인 공급이 없으면 곧 예민의 모양이 되었으며 끝끝내 낭만을 훔쳐 가기도 한다는 것을.

  예전에는, 그러니까 책임질 것이 없을 때는 마음은 맨 위의 것, 물리적인 것들은 그 아래의 것으로 생각했다. 물리적인 것이 충족되지 않더라도, 즉 가난하더라도 사랑과 낭만은 끝내 부서지지 않을 거라고 믿었다. 그러나 부서지는 마음과 낭만을 잃으면서 알았다. 현실을 살아야 마음도 살 수 있다는 것. 그리고 매정과 척박을 인정해야 낭만과 환상을 잃지 않는다는 것을. 부서지지 않는 마음. 그것은 입에 들어오는 먹거리의 아래에 있다. 그래서 오늘도 일말의 노력을 한다. 부서지지 않으려고. 인정하고 견디는 마음이 생을 잃지 않게 한다.

＃ 괜찮지 않다고 말해야 하는 때

괜찮지 않다고 말해야 하는
때를 모르겠다.

얼마나 괜찮지 않을 때
그렇게 말해야 할까?

마음을 수치화할 수 있을까?

'환자분, 1부터 10중에 얼마나 아프세요?'

병원에서 그런 말을 들으면

도대체 몇이라고 말해야 할지 모르겠다.

저의 5와 의사 선생님의 5가 같은 값인가요?

온전히 같은 5로 이해하시나요?

'어... 5요.

아니다, 방금까진 9였던 것 같은데.

엇, 지금은 3인 것 같아요!

아니 선생님, 이걸 온전히 이해하시는 거예요?'

누군가 마음이 괜찮냐고 묻는다.

괜찮아요!

더욱이 온전함을 묻는 다정 앞에서는요.

어제는 좀 울었고

돌아가서는 좀 외로울 것 같지만

지금은 3 정도로 괜찮은 것 같아요.

도저히 괜찮다고 말하지 못하는 때는

10을 초과하는 순간일까?

숫자마저 생각하지 못하게 되는 순간?

세 시간 전에 안 괜찮았던 건 안쳐주나요?

도저히 모르겠다.

어떤 기준인지도, 청자의 기준과 맞을지도.

슬픔을 와락 느끼는 순간과

그것을 쓰는 순간과

읽히는 순간은

모두 다른데,

도저히 언제 괜찮고

언제 괜찮지 않은지 무 자르듯 할 수 없었다.

그런데 그것을 묻는 다정 앞에서는

웬만하면 괜찮아요.

웬만하면 좋아요, 정말로.

더욱이 나는 쓸 때 가장 슬픈걸.

그러니 그걸 10이라고 친다면

누군가의 앞에서는 그것보다 낮다.

이미 쓸 때 2 정도는 덜어냈고

너의 다정에 5 정도는 눈감았다.

3 정도면 괜찮은 것 같아.

아무튼 숫자고 뭐고 솔직히 잘 모르겠다.

오늘은 좀 슬펐어.

견딜만하게 슬펐어, 한 6정도?

쓰는 순간과 읽히는 순간은 다르겠지만.

그러니 괜찮다.
엷은 6의 마무리라도.

무명의 감정들

＃ 자기혐오와 자기반성의 틈

나를 가로막는 것은

의외로 나에게서
기인한 것들이다.

두려움, 나태, 불신, 자기혐오
같은 것들이

은은하게 곁에 들러붙어 있다.

모르지 않아.
늘 알고 있었다.

나를 멈추게 하는 것은
실은 나로 인한 것이라는 걸.

자기반성과 자기혐오의 차이는 무엇일까.

나는 내가 부끄럽다.

매일 밤 나를 돌아보고

부끄러워 한다.

남들이 나를 낮추는 것은 참을 수 없으면서도

숨 쉬듯 나를 낮추고 있는 것은 내가 아닐까?

생각보다 남들은 나에게 큰 관심이 없으니까.

일평생 내 모든 수치를 기억하는 것은

나 자신뿐이다.

그러니 자꾸만 돌아보게 되고

끝없이 부끄럽다.

그러나 평생 부끄러워하고 싶다.

부끄러워하지 않는다는 것은

굳어졌다는 것이니까.

강렬한 자기만족은

미약한 자기혐오보다 못한 것이다.

다만 혐오의 마음과는
다른 결의 부끄러움이 필요할 뿐이다.

자기혐오와 자기반성의 차이점은

나아감에 있겠지.

둘의 공통점은 부끄러움과 잘못을 인지하는 것.

혐오는 그 안에서 홀로 썩어가는 것이지만,

반성은 그 밖으로 빠져나와

밝은 방향으로 나아가는 것이겠다.

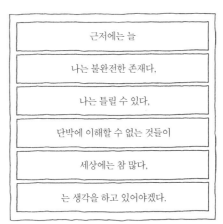

근저에는 늘

나는 불완전한 존재다,

나는 틀릴 수 있다,

단박에 이해할 수 없는 것들이

세상에는 참 많다,

는 생각을 하고 있어야겠다.

다만 나아가야지.

가로막히거나 웅크리는 것은
잠시일 뿐이다.

힘을 좀 빼

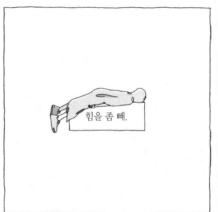

힘을 좀 빼.

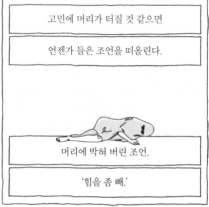

고민에 머리가 터질 것 같으면

언젠가 들은 조언을 떠올린다.

머리에 박혀 버린 조언.

'힘을 좀 빼.'

솔직히 어떤 조언을 되새겨도
최소 반나절은 괴로워한다.

그럼에도 떠올려.
힘을 빼라는 말을.

그건 어느 전공 수업 시간 때였다.

세미파이널 발표를 끝내고
교수님의 피드백이 이어졌다.

'너는 늘 힘을 많이 주고 있어.

그게 너를 A0까지 만들지만

A+까지도 못 가게 만들어.

좀 힘을 빼도 괜찮아.

오히려 그럴 때 더 좋은 결과가 나와.

힘을 좀 빼봐'

가슴이 뜨끔했다.

좋아하는 교수님의 수업이었고,

장학금을 받고 싶었고,

다 고사하고 그냥 늘 잘하는 사람이고 싶었다.

그래서 억울하고 부끄럽다가
내 작업물을 찬찬히 살폈다.

그래, 힘을 준 게 느껴지는구나.
자료 조사부터 결과물까지 꽉꽉.

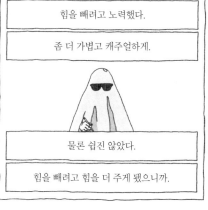

힘을 빼려고 노력했다.

좀 더 가볍고 캐주얼하게.

물론 쉽진 않았다.

힘을 빼려고 힘을 더 주게 됐으니까.

결론적으론 A+를 받았다.

솔직히 힘을 얼마나 잘
뺐었는지는 모르겠지만.

그 학점보다 좋았던 것은

인생에 영영 남은 그 말이었다.

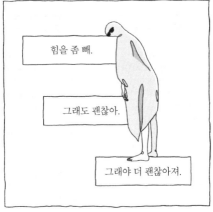

힘을 좀 빼.

그래도 괜찮아.

그래야 더 괜찮아져.

나쁜 날이지 나쁜 삶이 아니야

기분이 가라앉은 날,
의식적으로 되뇌는 말.

나쁜 날이지 나쁜 삶이 아니야.

이건 수학적으로도 사실이다.

한 가지라도 옳지 않은 경우가 있으면

그건 거짓인 명제이다.

부정의 여지도 없는 식.

나쁜 날은 있어도,

나쁜 삶은 아니다.

일부는 전체가 아니다.
내 삶에는

나쁜 날이 있었고
역시 좋은 날이 있었다.

내 안에는

나쁜 것들이 액체의 형상으로 휘늘어지고

좋은 것들이 고체의 형상으로 단단히 섰다.

존속의 형태만이 다를 뿐이다.

행복의 색은 모든 빛을 반사해서

곧 불행마저 비추고 인지하게 만들지.

다만 불행의 색은 모든 빛을 잡아 삼켜.

곧 환해질 미래는 염두도 못 하게 눈을 삼키고.

날이 흐렸고

비를 함빡 맞았고

옷과 신발이 고약하게 축축한데,

마음이 그 구정물마저 흡수한 양

착 가라앉아 있다.

옷은 빨고, 몸은 닦으면 되는데,
마음은 어찌할 바를 몰랐다.

그런 마음이 몸을 그림처럼 눕히지는 않는다.

메일에 답장했고

커피를 내렸고

빨래를 널었고

글을 썼고

그림을 그렸다.

그렇게 어둠 속에서

눈이 적응하기를 기다린다.

마침내 스위치의 위치가 보인다.

찬찬히 걸어가 무리 없이 툭 켠다.

갑작스러운 빛에
눈이 터질 듯이 시큰거리다가

이내 괜찮아진다.

어제처럼 가방을 챙기고 문을 연다.

캄캄한 어제와

조금은 다른 마음으로

여전한 일상을 산다.

살아가는덴 힘이 필요하다

살아가는 덴 힘이 필요하다.

단어 그대로, 힘이.

난 운동을 좋아하는 아이였다.

체육부장을 도맡고

줄넘기를 항상 허리춤에 매고 다니고

인라인스케이트를 타고 계단을 거뜬히 오르던.

그리고 그 아이는
살려고 운동하는 어른이 됐다.

사회생활을 시작하면서

몸과 마음이 기하급수적으로 약해졌다.

퇴근 후에는

스트레스성 폭식과 쏟아지는 잠으로
남은 밤을 보내기 일쑤였고.

안 좋은 것들이 쌓였다.

낮과 밤이 하나도 통제되지 않으니

끌려다니는 삶을,

내가 없는 삶을 살았다.

도저히 내 삶이 내 삶처럼 느껴지지 않았을 때

나는 운동을 배우기 시작했다.

헬스장에서

점심시간과 퇴근 후에
난생처음 PT를 받았다.

역시, 몹시 힘들고 힘들었다.

누가 헉헉 인생이 확 달라진다고 했냐 헉헉.

힘들어서 허 집 가면 뻗는 건 매한가진데 헉헉.

-일주일 차-

자세는 해도 해도 모르겠고 헉헉.

선생님 헉헉 왜 계속 한 개만 더하냐고요 푸하!

누가 후 일 년만 버티면 괜찮다고 했냐 후하.

됐고 이따 집 가면 치킨에 맥주 먹는다 후후.

-일 년 후-

근데 이 자세는 여전히 모르겠다 후하.

선생님 하 왜 계속 한 개만 더하냐고요 푸하!

운동 예찬 까지는 못하겠다.
그 정도로 잘, 자주는 못 하니까.

그래도 하지 않는 것보단 낫더라.
나 좀 멋진 사람 같고.

땀 흘리고 나면 뿌듯하고
그제야 삶이 조금은 내 것 같고.

EP. 8
힘을 빼는 법

이를 악물고 산다. 누군가를 만나는 자리에서는 입꼬리와 온 근육에 힘이 꽉 들어가 있다. 실수하지 않기 위해서, 못난 사람이 되지 않기 위해서. 힘을 잔뜩 주다 보니 오히려 역효과가 나기도 한다. 과다한 리액션 속 말실수, 갑작스러운 망각, 오버 액션 혹은 얼어붙음. 돌아와 침대에 누워 오래 잠들지 못하고 나를 곱씹는다. 나의 부끄러운 언행에 찡그리는 밤을 보내는 건 고질병처럼 앓고 있다. 내내 코 한쪽으로만 숨을 쉬어야 하는 비염처럼 나는 절반쯤 나를 부끄러워하며 살았다. 쉽게 자기혐오의 길로 빠지기도 했다. 동시에 힘을 주고 산다는 사실을 인지하지 못하고 있었다. 다들 이만큼은 힘을 주며 산다고 여겼다. 이런 부끄러움과 자괴감은 당연하다고.

어느 날에 '힘을 좀 빼'라는 말을 들었다. '너는 늘 힘을 많이 주고 있어. 그게 너를 A0까지 만들지만, A+까지도 못 가게 만들어. 좀 힘을 빼도 괜찮아. 오히려 그럴 때 더 좋은 결과가 나와. 힘을 좀 빼봐.' 이 말을 평생 잊지 못하고 있다. 내가 남들보다 훨씬 힘을 주고 산다는 걸 처음 깨달은 순간이었기 때문이다. 멀리서 봐야만 보이는 것이 있다. 마찬가지로 힘을 빼야만 얻을 수 있는 게 있다. 그 사실을 이해한 후 의식적으로 힘을 빼는 연습을 하며 산다. 힘을 빼려고 오히려 힘을 주게 되는 일들도 더러 있었지. 그러면서 강인한 근육을 가져야만 힘을 자유자재로 다룰 수 있음을 알았다. 질긴 마음의 근육을 가지려고 노력하고 있다. 마음을 지지하는 몸의 근육 역시. 적절한 힘을 기를 것이다. 도리어 힘을 잘 빼기 위해서.

3장

생의 이름

코끼리 생각

코끼리,
이제부터 코끼리를 생각하지 말아 보세요.

그럴 수 없을 것이다.

머릿속에는 이미 코끼리가 있을 테니까.

생각하지 않을 대상을 생각해야 하니까.

코끼리를 생각하지
않는 방법은 간단하다.

신발 끈이 풀리지 않게 묶는 방법을 떠올린다!

가장 최근에 마카롱을 언제 먹었는지 떠올린다!

당장 산책하러 나가서 새로운 노래를 듣는다!

핵심은 생각을 끊어내는 것.

생각하지 않으려고 생각하지 말고,

아예 다른 행동을 하는 것.

어떤 생각과 감정은 늪과 같아서

생각하지 않으려고 해도 계속 생각하게 된다.

난 꽤 오랜 시간을 생각하지 않으려 생각했다.

웃기지.

그게 시간 낭비라는 것을 깨달은 이후로,

생각하고 싶지 않은 것이 있으면

그 자리를 박차고 일어난다.

찬물을 마시고

좀 걷고

좀 웃고

이야기도 나눈다.

그럼 내 머릿속에는 코끼리 대신

어떤 실없는 농담과 찬물이 채워졌다.

코끼리,

걱정,

근심,

불안,

불행,

그런 것 대신에

찬물,

햇살의 고소함,

실없는 대화,

마카롱,

노래 가사,

그런 것들을 넣자.

나는 가끔 죽음을 떠올린다

나는 가끔 죽음을 떠올린다

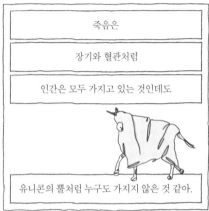

죽음은

장기와 혈관처럼

인간은 모두 가지고 있는 것인데도

유니콘의 뿔처럼 누구도 가지지 않은 것 같아.

우리는 모두

죽음을 가지지 않은 것처럼

평생을 살 것처럼 군다.

죽음.
나는 죽음을 떠올려.

내 장례식에 누가 와줄까?

누가 울어줄까?

어떤 대화를 나눌까?

나는 그제야 온전한 평안에 이르렀을까?

죽음.

죽음을 떠올리면

오히려 생이 선명해진다.

어떤 생의 모양을 마감할 것인가.

어떤 생을 살 것인가.

나는 죽기 전에 어떤 걸 후회할 것인가.

그리하여 생의 정중앙에 있는 지금,

지금의 나는 어떻게 살 것인가.

죽음은 미지의 모양.

동시에 묵직한 금기의 활자.

그렇지만 나는 죽음에 대해
턱 하고 대화할 필요도 있다고 생각해.

그리하여 나의 죽음에
누구도 슬퍼하지 않았으면 좋겠다

나는 원하는 모양으로 살았고

원하는 마음으로 살았고

마침내 평안에 이르렀다고.

죽음에 가까운 마음으로 살고

영원히 평온할 수 있는 마음으로
죽음에 이르고 싶다.

인생의 단맛

고생 끝에 맛보는 단맛이
더 달긴 해.

솔직히 운동하고 먹는 음식이

더 맛있고

일하고 먹는 술이

더 시원하고

시험 끝나고 노는 날이

더 즐겁다.

견뎌내야 하는 것들이 있다.

많다.

인생에서는.

그런 쓴맛들이 아예 없었으면 하다가도,

(한 번쯤은 없는 인생을 살아보고 싶기도 하고)

그러다가도

그런 게 없으면 어떻게 인생인가 싶기도 하고.

그런 게 없으면

단맛이 달게 느껴지지 않을 것 같기도 해.

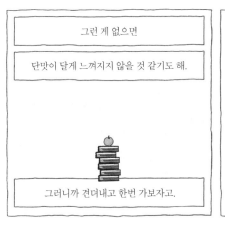

그러니까 견뎌내고 한번 가보자고.

뭐 가끔

진짜 견디기 힘들면

그땐 뛰쳐나와서 막 먹고 놀고 그래도 되는데,

그것도 견뎌내다가 나온 거니까

더 값지고 달 수도 있어.

그러니까 가끔은 그래도 되는데,

늘 나한테 가혹할 필요는 없는데,

그래도 가끔은 견뎌도 보자고.

마침내 상쾌함과 달콤함을 얻자고.

♯ 3월 2일

3월 2일은
1월 1일의 그것과 같은 느낌이다.

1월 1일보다 더 시작과 닮은 모양이랄까.

모든 학생이 등교를 시작하고

그제야 겨울에서 깨어나 봄이 되는 느낌.

봄의 냄새.

햇살의 냄새.

나른하고 복작복작한 수다 소리.

차고 따뜻한 봄의 기운.

뭔가 시작될 것만 같은 간지러운 마음.

일어나.

무언가 시작되려고 해.

뭔지는 모르겠지만

분명 무언가를 얻게 될 무언가가.

밝은 길로 나아갈 준비를 하자.

완전히 새로운 곳으로.

키가 한 뼘쯤은 더 자랄 것만 같은 새 학기.

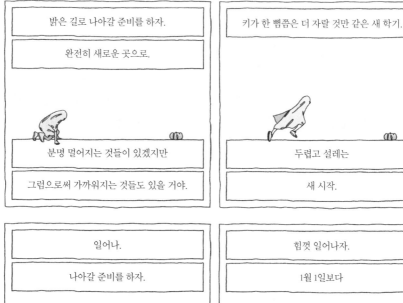

분명 멀어지는 것들이 있겠지만

그럼으로써 가까워지는 것들도 있을 거야.

두렵고 설레는

새 시작.

일어나.

나아갈 준비를 하자.

힘껏 일어나자.

1월 1일보다

밝은 길로.

환한 곳으로.

더 출발의 모양과 가까운

3월 2일이니까.

무언가에서 멀어질 준비를

무언가에 가까이 갈 준비를 하자.

마침내 밝은 곳으로.

밝고 환하고 따뜻한 곳으로.

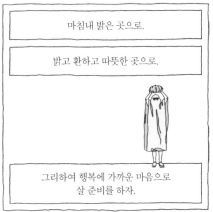

그리하여 행복에 가까운 마음으로
살 준비를 하자.

멍의 생기

멍때리는 시간은
꼭 필요하다.

아이러니하게도 버려지는 시간에

내가 살아있음을 느낀다.

지하철 창밖의 변하는 풍경을 가만히 볼 때,

러닝머신의 까만 화면을 보면서 걸을 때,

멍하니 샤워할 때.

그럴 때 우연히 귀에 걸린
가사 몇 마디가 삶에 박힌다.

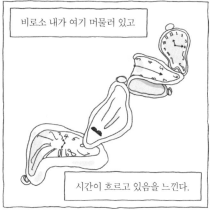

비로소 내가 여기 머물러 있고

시간이 흐르고 있음을 느낀다.

평일의 일과는 소용돌이 같다.

몸뚱이와 뇌가 여기저기로 빠르게 움직인다.

살아가고 있긴 한데
그게 나를 위한 삶인지 의문이 들기도 한다.

치열하게 움직이지만, 그 행위들이
내가 살아있음을 느끼게 만들지 않는다.

일은 내 눈을 컴퓨터에 고정시키고

공부는 책에 집중하게 한다.

나를 위한 행위지만

나에게 집중하지는 않는다.

멍때리는 시간에
나는 오롯이 나에게 집중할 수 있다.

나의 과거, 나의 현재, 나의 미래를
천천히 곱씹을 수 있다.

지금의 감정,

온전한 정도.

피곤하다,

좀 덥다,

이 정도면 나쁘지 않게 살고 있는 것 같다

따위의 생각들.

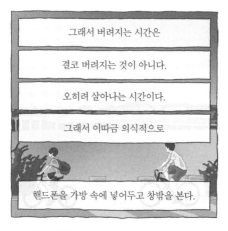

그래서 버려지는 시간은

결코 버려지는 것이 아니다.

오히려 살아나는 시간이다.

그래서 이따금 의식적으로

핸드폰을 가방 속에 넣어두고 창밖을 본다.

유리창 속 나를 바라본다.
나는 그제야 살아있다.

EP. 9
세상을 빚는 글

　나는 물컹한 사람이다. 물이 꽉 찬 스펀지 같다. 받아들이고 전율하는데 익숙하다. 단상을 뱉어낼 수밖에 없었던 이유는 빨아들인 것이 많았기 때문이다. 뱉는 형태가 단지 예술을 모방하고 있다. 깊은 곳에 머금고 있었던 파편들이 뒤엉킨 어떤 덩어리를 울컥 토해낸다. 그 덩어리를 잘 빚는다. 가르고 잇고 쓰다듬는다. 그럴듯한 모양새가 된다. 세상에 내보낸다. 내 단상은 파편이 되어 또다시 어떤 스펀지에 빨려 들어간다. 온전한 모양인지는 알 수 없다. 단지 흡수되었을 뿐이다. 내보내는 순간 완연한 나의 것이라고 말할 순 없다. 내 단상은 나의 것이었지만 (아니 내 것이라고 말할 수 없이 뒤엉킨 것이었지만) 여하간 더 이상 나의 것이라고 말할 수 없다. 단상은 탄생하는 순간 주체성을 갖는다.

　글을 쓰는 사람이 되면서 올곧게 세상을 바라보자고 다짐했다. 어떠한 색안경도 끼지 말자고. 글은 단지 표현의 도구가 아니다. 글은 때로 폭력의 도구가 된다. 나는 무해한 글쓰기를 지향한다. 미지근하고 뭉툭하더라도 날카롭거나 뜨겁지 않았으면 한다. 때로는 그 의지가 나를 침묵하게 하거나 검열하게 만들지만, 그 정도의 수고로움은 상처받을 사람이 내내 지고 가야 할 것에 비할 수 없는 것이다. '그럴 수 있다'라는 마음으로 세상을 바라본다. 단박에 이해할 수 없는 것들이 세상에는 무척이나 많다고. 그러니 감히 판단하고 가볍게 표현하는 오만을 저지르지는 말자고. 표현하는 것은 권리가 아니다. 폭력은 말할 것도 없다. 어떨 때 말은 가장 큰 폭력이 된다. 그러니 주어진 얇은 재능에 감사하고 더욱이 조심스러운 마음으로 글을 쓰자고 되뇐다.

삶에 대한 고찰은 아주 어릴 때부터 무의식 중에 발생했다. 글로 옮기게 된 것은 나중의 일이었다. 태생적으로 생각이 많았다. 고찰하고 분석하는 것이 의식하지 않아도 저절로 이루어졌다. 삶을 생각했다. 삶의 현상과 의미에 대해 고민했다. 끝없이 전개되는 양상들을 분해하고 해석하려고 애썼다. 그런데도 '알 수 없다'라는 결론에 도달하는 경우가 많았다. 계속 글을 써도 자꾸만 알 수 없는 것들이 생겨났다. 이제는 무언가를 간파하기 위해 글을 쓰지 않는다. 확신 역시 교만의 영역이므로. 그저 고찰을 써 내려갈 뿐이다. 쓰지 않는 것보다는 세상을 또렷이 보는 데 도움이 되므로. 나는 판단하지 않는다. 글로 낙인찍지 않는다. 다만 사유할 뿐이다.

#여운의 감각, 후각

가장 오래 남는 감각은
후각이다.

여운의 감각, 후각.

사람이 떠난 자리에는 내음뿐이다.

눈에 선명히 보이던 당신은 사라졌고

재잘대던 목소리도 더는 들리지 않고

나를 쓰다듬던 손길도 사라졌다.

당신이 남기고 간 옷자락 끝에

당신 향만이 배어 있다.

이따금 후각을 그리워한다.

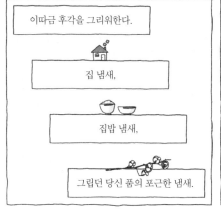

집 냄새,

집밥 냄새,

그립던 당신 품의 포근한 냄새.

향을 맡는 순간
순식간에 옛날로 돌아간다.

그립던 그때로.

향을 들이키는 순간
당신은 온전한 당신이 된다.

보이던 당신에서
맡아지는 당신으로.

맡아진다는 것.

그게 얼마나 큰 행복인지 알아?

보는 건 사진으로도 할 수 있잖아.

평생 남는 사진으로도.

그러나 향기는 서서히 사라져.

유한한 것은 눈이 멀 듯 아름답다.

더욱이 후각은 촉각을 동반한다.

꽃다발에 가까이 코를 가져간다.

당신의 향이 나는 옷에 코를 박는다.

고대하던 당신의 품에도, 와락.

따끈하다.

더운 냄새가 난다.

생의 냄새가.

생의 후덥지근함이 코를 향해 퍼져온다.

보고 싶다는
시각의 활자 대신,

냄새를 맡고 싶다는
후각의 말은 좀 이상한가?

좀 이상해도 어쩔 수 없어,
사실인걸.

그립다, 당신 냄새.

#아무 일도 없는 날

새로운 노래를 찾아 들어?

원래 듣던 노래를 돌려 들어?

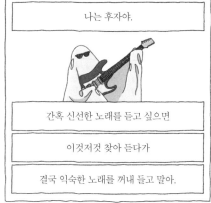

나는 후자야.

간혹 신선한 노래를 듣고 싶으면

이것저것 찾아 듣다가

결국 익숙한 노래를 꺼내 듣고 말아.

비단 음악뿐만이 아닌 것 같아.

뮤지컬이나 음식 같은 것들도.

가까운 이의 추천이 아니면

새로운 것에 쉬이 손이 가지 않더라고.

만나는 사람들도.

예전에는 새로운 사람과의 만남도 즐거웠는데

이제는 마음 맞는 익숙한 사람들과

무사한 시간을 보내는 게 가장 좋아.

낯선 것은 항상 긴장하게 만들지.

나와 잘 맞을지,

생경함이 나에게 어떤 영향을 줄지

예상할 수 없어서 긴장돼.

더욱이 좋지 않을 것이 예상되면

애초에 시작조차 하지 않게 되고.

익숙하고 포근한 것에 몸이 간다.

그 이유가

내가 내 취향을 더 잘 알게 되어서인지,

쓸모없는 체력 소모를 하고 싶지 않아서인지,

단순히 겁이 많아져서인지,

이 모든 것 때문인지는 알 수 없다.

예전에는 아무 일도 없는 날은

좋고 나쁨으로 구태여 나누자면
나쁨에 가깝지 않을까 생각했다.

특별하지 않은 게 슬픈 일이 아닐까 했어.

그러나 이제는 아무 일도 없는 날은

그냥 아무 일도 없는 날이야.
기어코 따지자면 좋음이고.

평온은 좋은 거니까.

오늘 나는 별일 없었어.

늘 가던 카페에서 늘 먹던 커피를 마셨어.
늘 보던 영상을 보고 늘 그리던 그림을 그렸어.

그래서 좋았어.

일상의 평온이 좋다는 말을
이제야 조금 이해하게 되었어.

게임을 리셋하듯이

게임을 리셋하듯이

인생을 다시 시작하고
싶을 때가 있다.

그냥 인생을 잠깐 좀

꺼버리고 싶을 때가 있어.

본체를 식히듯이

머리를 푹 식히고 싶어.

한참을 껐났다가 다시 켜서

처음부터 다시 살고 싶어.

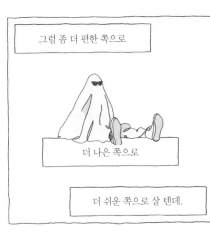

그럼 좀 더 편한 쪽으로

더 나은 쪽으로

더 쉬운 쪽으로 살 텐데.

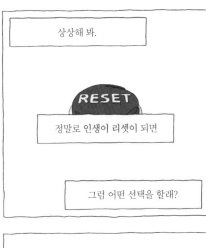

상상해 봐.

정말로 인생이 리셋이 되면

그럼 어떤 선택을 할래?

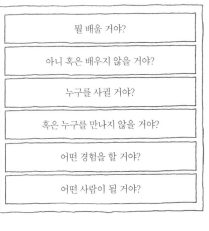

뭘 배울 거야?

아니 혹은 배우지 않을 거야?

누구를 사귈 거야?

혹은 누구를 만나지 않을 거야?

어떤 경험을 할 거야?

어떤 사람이 될 거야?

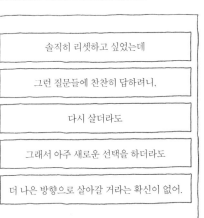

솔직히 리셋하고 싶었는데

그런 질문들에 찬찬히 답하려니.

다시 살더라도

그래서 아주 새로운 선택을 하더라도

더 나은 방향으로 살아갈 거라는 확신이 없어.

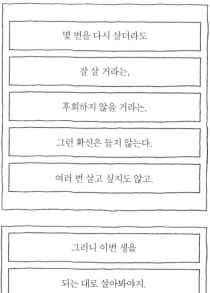

몇 번을 다시 살더라도

잘 살 거라는,

후회하지 않을 거라는,

그런 확신은 들지 않는다.

여러 번 살고 싶지도 않고.

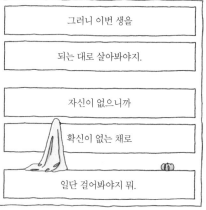

그러니 이번 생을

되는 대로 살아봐야지.

자신이 없으니까

확신이 없는 채로

일단 걸어봐야지 뭐.

\# 당신은 뭘 좋아하나요

당신은 뭘 좋아하나요?
싫어하는 것은요?

그런 질문을 받으면

발 앞에 비둘기를 발견한 것처럼

움찔한다.

글쎄,
음. 글쎄요.

생각한다.

미리 몇 가지를 골라 두어야 하나.

좀 그럴듯한 것으로.

평범한 몇 가지와 독특한 몇 가지를.

좋고 싫음에

금세 대답을 내어놓는 사람은

왠지 멋져 보였다.

저 사람은 자기랑 친하구나.

자기를 잘 아는구나.

자신에게 많은 것을 대답하는 삶을 살았구나.

나는

뭘 좋아하지?

뭘 싫어하지?

좋아하는 것은 동경인가요?

혹은 사람, 물건, 문화적 취향?

싫어하는 것에는 무서워하는 것이 포함되나요?

혹은 굳이 먹지 않거나 찾지 않는 것?

지금 대답은 5년 전과 다를 수 있나요?

5년 후에 달라져도 뭐라고 하지 않을 건가요?

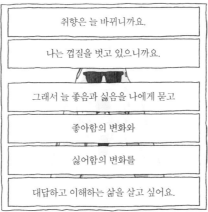

취향은 늘 바뀌니까요.

나는 껍질을 벗고 있으니까요.

그래서 늘 좋음과 싫음을 나에게 묻고

좋아함의 변화와

싫어함의 변화를

대답하고 이해하는 삶을 살고 싶어요.

우리가 숨기는 것

우리는 숨기는 것을
더 보고 싶어 한다.

(예를 들면 괄호 속의 말들.)

인간 본능이라는 게 참 그래.

숨기는 것은 왜 커다란 것으로 생각할까.

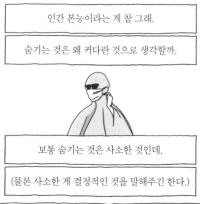

보통 숨기는 것은 사소한 것인데.

(물론 사소한 게 결정적인 것을 말해주긴 한다.)

숨기려고 하는 것일수록

자꾸 쳐다보게 된다.

(물론 어른이 된 이후로는

의식적으로 보지 않으려고 하지만.)

내가 숨기는 것들도
사소하고 초라한 것들이다.

(그리고 평생 숨길 것이다.)

큰 이유는 없다.
이유도 초라하다.

(그리고 진짜로 말 안 할 거다.)

숨기려는 메시지,

공지하지 않는 취향,

삭제해 버린 사진,

그 민낯이 몹시 궁금하긴 하다.

(진상은 별거 없긴 할 거다.

숨기는 내용도, 이유도.)

드러내는 것은 꾸며진 것이라 그럴까.

밝혀지지 않은 것은 날 것이고.

유명 작가의 습작이나 연습장이

더욱이 궁금한 이유는

그이의 민낯이 궁금해서일까?

매만지지 않은 민얼굴이.

날 것을 좋아한다.
더해지지 않은 무언가.

좀 서투른 것,
유려하지 않아도 간솔한 것.

단순하고 솔직한 민낯을 보면

왜인지 친밀감이 드니까.

그러나 나이가 들수록

그런 민낯을 보고 보이는 것에 어려움을 느낀다.

구태여 숨겨진 것을 보려고 하진 않는다.

(좀 보고 싶긴 한 건 사실이다.)

날 것의 마음을 듣고 싶긴 하다.

(꾸민 마음도 이해할 수 있다.

아이고 속마음과 말이 바뀌었다.

늘 이런 식이지.)

EP. 10
평온과 성장통

    평온이 어렵다는 걸 늦게 깨달았다. 평온을 불안해하는 날이 있었다. 납작한 삶은 재미가 없고, 싱거운 하루는 의미가 없다고. 그러니 아무 일도 없는 날은 내가 한층 시시해진 날이라고 여겼다. 멋지게 살고 싶었다. 30초짜리 영화 예고편처럼 박진감 넘치고 농축된 삶을 살고 싶었다. 그러나 짧은 예고편을 보고 기대했다가 실망한 2시간짜리 영화가 얼마나 많았는가. 30초를 2시간으로 늘려 보는 것도 지루한데 100년짜리 인생은 어떠한가. 삶은 따분한 것이 당연하다. 그리고 그 따분이 사실은 평온이라는 걸 깨닫는 것은 생각보다 어렵다. 우리는 농축되어 자극적인 것들에 둘러싸여 사니까. 그리하여 안온은 잃어야만 뼈저리게 알게 된다. 소중한 것은 잃어봐야 안다는 가슴 아픈 말은 많은 이들의 지독한 경험에서 나왔을 테니까.

    우연히 평온이 온전하게 평온으로 느껴진 날이 있었다. 평온은 정말로 평온하게 느껴지고 불안이 나를 괴롭히지 않은 날. 고요했으나 벅찬 마음이었다. 이게 정말로 어려운 일이라는 걸 알고 있어서 울음이 났다. 작게 울었다. 온전하게 평온을 받아들일 수 있는 사람이 되었구나. 스스로가 대견했다. 작은 진화를 한 것 같았다. 눈물은 진화에 대한 기쁨과 자축의 의미였겠지. 빨리 늙기를 바란 적이 있었다. 빨리 나이가 들어 아픔에 무디어지기를. 바보 같은 소원이었다. 나이가 들어도 무뎌지지 않겠지. 다만 참는 방법을 깨쳤을 뿐이겠다. 성장통을 정직하게 앓아야만 고통을 참거나 피하는 요령을 얻을 수 있다. 마침내 평온에 다다르는 방법까지도 얻을 수 있겠지.

천천히 나이 들었으면 좋겠다. 성장통을 고스란히 느껴야겠으니. 성숙의 길목에서 평온의 귀함을 깨닫겠지.

선잠의 새벽

선잠의 새벽이 있다.

이 눈 감음이

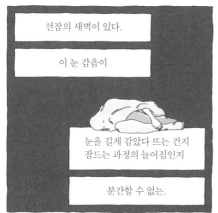

눈을 길게 감았다 뜨는 건지
잠드는 과정의 늘어짐인지

분간할 수 없는.

그럴 때는 눈을 감고 있는 것조차 불편하다.

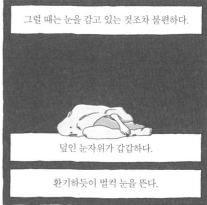

덮인 눈자위가 갑갑하다.

환기하듯이 벌컥 눈을 뜬다.

그럼에도 여전히 캄캄한 눈앞.

단지 넓어진 어둠.

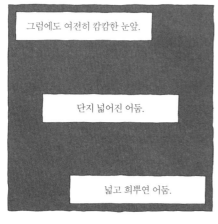

넓고 희뿌연 어둠.

뒤집어 놓았던 휴대폰을 들어 올린다.

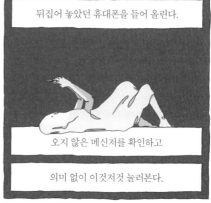

오지 않은 메신저를 확인하고

의미 없이 이것저것 눌러본다.

나만 빼고 잠든 것 같은 새벽.

빌려온 기쁨은 해와 함께 져버리고

선잠의 새벽.

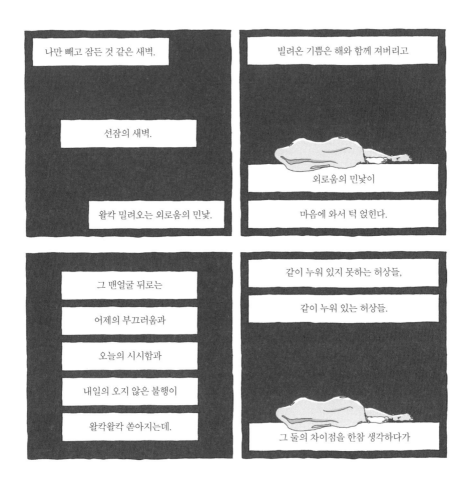

외로움의 민낯이

왈칵 밀려오는 외로움의 민낯.

마음에 와서 턱 얹힌다.

그 맨얼굴 뒤로는

같이 누워 있지 못하는 허상들,

어제의 부끄러움과

같이 누워 있는 허상들.

오늘의 시시함과

내일의 오지 않은 불행이

왈칵왈칵 쏟아지는데.

그 둘의 차이점을 한참 생각하다가

뻐근한 어깨를 벌컥 뒤집어 돌린다.

들지 못하는 잠을
오늘도 솎아내고.

잠과 죽음의 결말

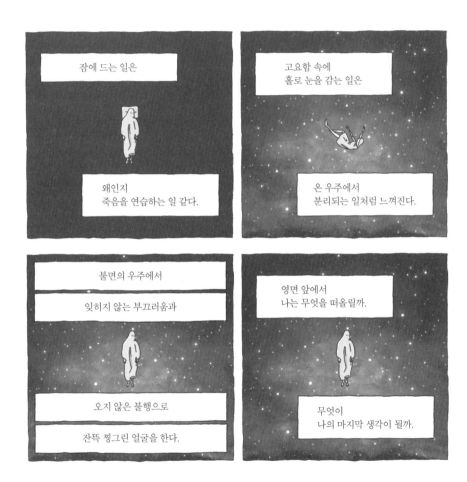

잠에 드는 일은

왜인지
죽음을 연습하는 일 같다.

고요함 속에
홀로 눈을 감는 일은

온 우주에서
분리되는 일처럼 느껴진다.

불면의 우주에서

잊히지 않는 부끄러움과

오지 않은 불행으로

잔뜩 찡그린 얼굴을 한다.

영면 앞에서
나는 무엇을 떠올릴까.

무엇이
나의 마지막 생각이 될까.

속수무책으로 쏟아지는 잠을

눈꺼풀이 이기지 못할 때

이다지도 몽롱하고 평안한 기분이라니.

저항도 없이 꿈나라로 빨려드는 어느 밤.

죽음이 나를 와락 삼킬 때

이처럼
몽롱하고 평안할 수 있을까.

알 수 없다.

피어난다고 묘사되는 나이는 언제까지일까.

시들어 간다고 묘사되는 것은
도대체 언제부터이고.

역시 알 수 없다.

다만 너무 많은 것들이
끝없이 피어나고 시들 뿐이다.

시간이 너무 빨라.

멀다고만 생각한 죽음이

복도 끝에서 헐레벌떡 뛰어오는 게

점에서 선으로 바뀌어 보인다.

면으로 보이는 시간을

기다린다. 다만 그쪽으로 뛰지 않고.

잠의 결말,

그 결말이 꿈나라 혹은 아침이라면

죽음의 결말은

삶의 결말과 같은지 알 수 없었다.

잠에 드는 일은
왜인지 죽음을 연습하는 일 같아.

그러나 여전히 그 결말은 모르고
나는 가만 누워있다.

누군가 옆에 잠들어 있으면

누군가 옆에 잠들어 있으면

왜 그렇게 보고 싶은지.

불면이 있다.

누군가 옆에 있으면 선잠을 자고.

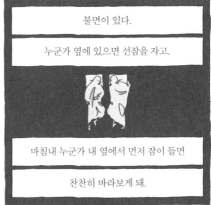

마침내 누군가 내 옆에서 먼저 잠이 들면

찬찬히 바라보게 돼.

어릴 때 엄마가 옆에서 먼저 잠들면

왈칵 무서워져

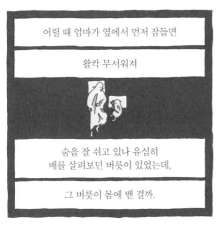

숨을 잘 쉬고 있나 유심히
배를 살펴보던 버릇이 있었는데,

그 버릇이 몸에 밴 걸까.

잠든 이의 곤한 모습을 보면

왜 그리 코끝이 찡할까.

단잠을 깨우고 싶진 않아.

고요함 속에서 꿈도 없는 단잠을 잤으면 해.

얼른 보고 싶어.
어서 아침이 되어서.

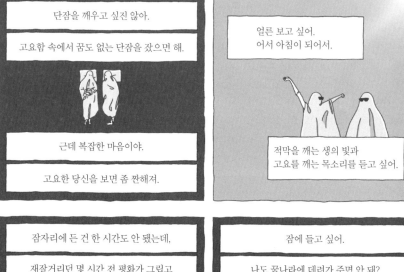

근데 복잡한 마음이야.

고요한 당신을 보면 좀 짠해져.

적막을 깨는 생의 빛과
고요를 깨는 목소리를 듣고 싶어.

잠자리에 든 건 한 시간도 안 됐는데,

재잘거리던 몇 시간 전 평화가 그립고

잠에 들고 싶어.

나도 꿈나라에 데려가 주면 안 돼?

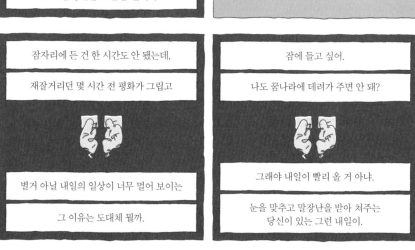

별거 아닐 내일의 일상이 너무 멀어 보이는

그 이유는 도대체 뭘까.

그래야 내일이 빨리 올 거 아냐.

눈을 맞추고 말장난을 받아 쳐주는
당신이 있는 그런 내일이.

보고 싶어.

푹 자고 일어나서 나랑 놀아.

잘 자.

성공의 밤, 죽음의 밤

어느 밤에는 막연한 성공을 떠올리고

어느 밤에는 막연한 죽음을 떠올린다.

어떤 아침은 설렘으로 시작하고

어떤 아침은 비참으로 시작한다.

죽음과 비참을 견디면
마음이 어수선했다.

그러나 그런 밤과 아침이

나의 낮까지 침범할 수는 없었다.

견뎌야 하는 허상이 있고

해내야 하는 일상이 있으니까.

마음을 잘라내고 싶었다.

탄 고기를 잘라내듯이

쌉쌀한 귀퉁이는 잘라내고

온전한 알맹이만 남기고 싶었어.

죽음과 비참을 견디는 마음은

귀퉁이일까 알맹이일까 고민했어.

그게 귀퉁이인 것 같아 슬프다가도

알맹이가 아니면
어떻게 견딜 수 있을까 싶기도 하고.

그러면 잘려지는 마음은
어떤 마음일지 또 생각했어.

마음이 불판에 올려진 고기 같았어.

불을 끄지 못하는 불판에.

계속 뒤집고 살피지 않으면

결국 쓰임새를 잃고 새카맣게 타버리고 마는.

마음이 눈앞에 고기처럼
얼마만큼 익었는지 보였으면 좋겠어.

어떤 부분이 비참인지 설렘인지 보고 싶었고,

계속 살피고 뒤집고 싶었다.

밤낮으로 죽음과 비참이 익는다.

자주 마음이 어수선하다.

다만 눈에 보이지 않아서

후각과 촉각 정도로 짐작만 할 뿐이다.

그런 것들이 익는 밤,

가위질하듯 귀퉁이를 잘라내는 생각을 한다.

마음이 반듯해지는 생각을.

#아침의 시시

어제의 기쁨과 평온이
거짓처럼 느껴질 때가 있다.

기쁨의 다음 날이면 대부분.

어제 신난 나는 거짓말 같고

오늘 시시한 나는 진실 같다.

형편없는 나의 진실에

좋은 사람들의 큰 기운과,
우연과, 어떤 거짓들을 섞어서

어제의 가짜 날이 지나간 것만 같다.

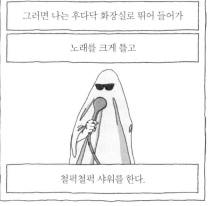

그러면 나는 후다닥 화장실로 뛰어 들어가

노래를 크게 틀고

철퍽철퍽 샤워를 한다.

두어 시간 분량의 시시와 불안을 견딘다.

아침 준비에 집중한다.

괜찮아, 괜찮아, 되새기며.

늘 웃을 수만은 없지.

늘 괜찮을 수만은 없지.

천국이 행복과 웃음만 있는 곳이라면

무서울 것 같다는 정현우 시인의 말처럼

늘 웃는 것도 생각해 보면 무섭지.

그러니 웃지 않는 감정을 느끼는 것은
무섭지 않은 것이다.

오늘이 쓸쓸한 이유는

어제와 다른 아침의 햇살에 눈이 맵기 때문이고

자고 일어나 나른한 심장 박동을 가졌기 때문이고

평온과 나른 속에 쓸쓸이 섞여 있기 때문이라고.

그러니 허무를 느낄 필요는 없다.

쓸쓸할 필요도.

아침 햇살에 몸을 맡기고 또 나아가면 된다.

그럼 곧 기쁨에 아픈 보조개를 갖는 날을,

슬픔에 헐어버린 코끝이 아무는 날을,

쓸쓸이 섞인 일상의 날을,

쓸쓸하지 않을 일상의 날을,

내 진짜 날들을

겪어낼 수 있겠지.

EP. 11
낙망의 밤

밤이 낙망적인 이유는 무엇일까. 적막한 밤, 점등된 방 안에 혼자 누운 나. 눈을 감아도 암흑, 눈을 떠도 암흑뿐이다. 나의 우주는 그곳에서 폭발하기 시작한다. 자주 쓸쓸하고 비관적인 방향으로 팽창한다. 어제의 부끄러움과 오늘의 시시함, 내일의 불안이 찡그린 눈꺼풀 아래로 달려든다. 내가 왜 그때 그런 말을 했을까, 오늘 나는 왜 이렇게 별거 없는 하루를 보냈나, 계속 이렇게 살아도 괜찮은 걸까. 방대한 생각에 짓눌려 미미해진 나를 견딜 수 없어서 잠들지 못한다. 잠에 드는 일은 꼭 죽음을 연습하는 일 같다. 고요함 속에 홀로 눈감는 일은 온 우주에서의 분리와 동시에 내 우주로의 영원한 결속처럼 느껴진다. 그 우주가 절대적으로 다정하진 않아서 조금 외로워질 뿐이다.

오랜 밤을 지내고 나면 밋밋한 아침이 온다. 눈감았던 밤만큼 캄캄하지 않은 동시에 어제의 빌려온 기쁨도 온데간데없는, 그런 뻔한 아침. 견뎌야 하는 것은 폭발하는 밤만이 아니다. 싱거운 아침의 분주도 견뎌야 한다. 그래도 밤의 정적을 견디는 것보다는 편하다. 머리는 멍하지만 몸은 수선스럽다. 곧 생의 기운이 가득한 바깥으로 걸어 나간다. 일에 집중하는 것만큼 슬픈 마음을 감당하기가 쉬운 순간이 없다. 내 깊은 곳까지 알지 못하는 사람과의 대화가 좋다. 가벼운 주제로 재잘대는 순간, 불안과 슬픔이 잠시 눈감는다. 그 순간을 좋아한다. 가뿐한 유쾌가 삶에 꼭 필요하다고 느낀다. 어김없이 해는 진다. 일에서 벗어나 나로 돌아온다. 미뤄둔 설거지감을 발견한 듯 또 적막한 밤을 짐작한다. 지겹다. 그러면서도 되뇐다.

불행으로 돌아온 것이 아니다. 이런 나도 있는 거다. 슬픈 나도 거짓은 아니지만, 기쁜 나도 진실이다. 나는 살아있다. 살아있으니 곧 행복을 꿈꾸며 잠드는 날도 올 것이다. 분명코.

살아 있으니 행복으로 돌아도 오는구나

살아 있으니

이렇게 행복한 순간도
오는구나.

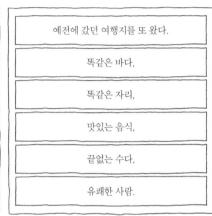

예전에 갔던 여행지를 또 왔다.

똑같은 바다,

똑같은 자리,

맛있는 음식,

끝없는 수다,

유쾌한 사람.

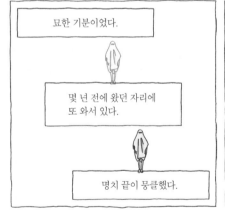

묘한 기분이었다.

몇 년 전에 왔던 자리에
또 와서 있다.

명치 끝이 뭉클했다.

너무 좋다.

행복해.

진짜 맛있다.

를 하루에 삼백 번씩 말하는 여행.

차에서 경쾌한 음악을 따라 부르고

바닷바람을 맞고

시답지 않은 농담에 깔깔거리는 낭만을

함빡 얻고 오는 길.

고요한 밤바다를 보니
묘한 마음이 되었다.

다면적인 감정이

파도처럼 밀려오고
부서지기를 반복했다.

살아있으니
행복으로 돌아도 오는구나.

예상치 못한 사건 앞에서도

오히려 좋아를 외치는

다다다 좋아 여행으로!

또 돌아가서는

견뎌야 하는 일상이 있겠지마는

해내야지 그것도.

견디다 얻는 행복이 더없이 뭉클하잖아.

여행 끝!
일상 시작!

그리고 또 언젠가의 낭만을 위해
겪어보자, 일상을.

선생님, 저는 지지 않을 거예요

선생님,
저는 지지 않을 거예요.

무엇이랑 싸우고 있나요?

제 마음이랑요.

어떤 마음과요?

지려는 마음이요. 불안과 예민과 우울과,
그리고 그것을 겪는 저를 미워하는 마음이요.

어떤 무기를 들었나요?

햇빛이요. 좋아하는 뮤지컬이요.
자주 가는 카페 커피의 쌉싸름이요.
다정한 사람들과 상냥한 활자들이요.

떠오르는 맛있는 음식을 사는 것이요.
귀한 약속을 잡고 그날을 기대하는 마음이요.
나른한 산책으로 만나는 귀여운 강아지도요.

무기가 많네요. 얼마나 자주 지지 않나요?

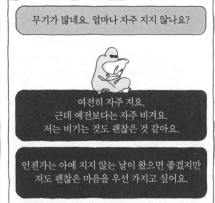

여전히 자주 져요.
근데 예전보다는 자주 비겨요.
저는 비기는 것도 괜찮은 것 같아요.

언젠가는 아예 지지 않는 날이 왔으면 좋겠지만
져도 괜찮은 마음을 우선 가지고 싶어요.

비긴다는 건 어떤 건가요?

여전히 우울하면 추적추적 울고,
불안하면 잔뜩 찌푸린 표정으로
불안에 불안을 더해서 생각해요.

제 마음의 심해에 익사하듯 허우적거려요.

예전에는 그렇게 하루를 끝냈다면
이제는 그 마음을 좀 써요.
내가 빠진 바다의 모습을 묘사하듯이.

그리고 좋아하는 영상들도 봐요.
행복했던 영상들을 너덜거릴 때까지 보고요.

대충 입고 산책하러라도 나가요. 한참 걸어요.
방방거리는 강아지를 마주하고
한참 귀여워하기도 하고요.

아무렇지 않게 친구들에게 연락하기도 하고요.
시시한 농담도 하고, 좀 웃기도 해요.

그러면 기분이 아주 좋아지진 않아도
그렇게 하지 않는 것보단 나아요.

곧 지지 않을 마음을 가지겠어요.

저도 괜찮을 마음도요.

네.

네.

#인생이 시트콤 같은 사람

인생이 시트콤 같은 사람은

사실 말을
시트콤처럼 하는 것이다.

어떻게 그런 일을 겪고도
저렇게 웃음으로 승화할 수 있나,

경이롭고 감탄스럽다.

그런 말이 있다.

'웃어야 다음이 있어.'

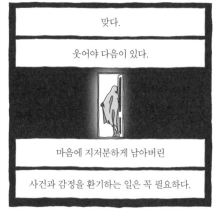

맞다.

웃어야 다음이 있다.

마음에 지저분하게 남아버린

사건과 감정을 환기하는 일은 꼭 필요하다.

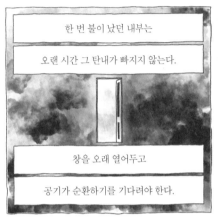

한 번 불이 났던 내부는

오랜 시간 그 탄내가 빠지지 않는다.

창을 오래 열어두고

공기가 순환하기를 기다려야 한다.

마음이 다를 리 없다.

열불이 난 마음을 소화(消火)하려면

소화(笑話), 즉 우스운 이야기를 해야 한다.

물론 환기의 형태가
꼭 웃음일 필요는 없다.

다만 웃음의 형태일 때
소화는 더 빠르다.

그 웃음 바람이

잔존하는 매운 기운을
후 날려줄 것이기 때문에.

인생의 온갖 희로애락을 희화화하여

결국 당신의 희로 만드는 것.

참으로 경이로운 능력이다.

활짝 마음의 문을 열고,

톡 터놓고 말하고,

파 웃어넘기고,

왠지 남는 씁쓸함에
홀로 뒤척이는 밤까지만 넘기면,

곧 마음은 정화되고,

비로소 쾌적한 내가 된다.

오히려 좋아

오히려 좋아.

유행처럼 번진 이 말이
무척이나 좋다.

비 와?

오히려 좋아.
시원하고 좋지, 뭐.

비행기 결항?

오히려 좋아.
호캉스, 진행시켜!

엘리베이터가 없어?

오히려 좋아.
운동되고 좋잖아.

오히려 좋은 점을 찾다 보면
정말로 좋아지는 것 같다.

불행은 없었던 일이 되고
행복만 가득하게 된다.

그런 친구가 있다.

내내 오히려 좋다는 말을 입에 달고 사는 친구.

옆에 있다 보면 말이 옮는다.

예측 불가했던 사건이 튀어나오면 그는 외친다.

야, 오히려 좋아.

나도 말한다, 그래 오히려 좋지.

말은 옮는다.

좋은 사람, 좋은 책을 가까이하면
보드라운 말씨를 한 내가 된다.

좋은 것을 가까이에 두고 싶다.

나는 잘 흡수하는 사람인 걸 알기에.

환한 사람이 되고 싶으면

환한 사람을 가까이에 두면 된다.

오늘 힘들었어?

오히려 좋아,
오늘 치맥 하면 더 맛있지!

사랑을 함빡 받으면

사랑을 함빡 받으면
막 웃음이 나다가도

곧장 눈물이 날 것 같다.

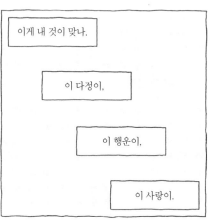

이게 내 것이 맞나.

이 다정이,

이 행운이,

이 사랑이.

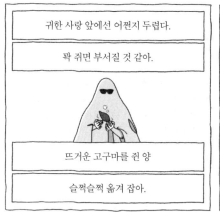

귀한 사랑 앞에선 어쩐지 두렵다.

꽉 쥐면 부서질 것 같아.

뜨거운 고구마를 쥔 양

슬쩍슬쩍 옮겨 잡아.

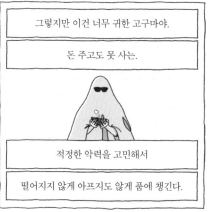

그렇지만 이건 너무 귀한 고구마야.

돈 주고도 못 사는.

적정한 악력을 고민해서

떨어지지 않게 아프지도 않게 품에 챙긴다.

나는 그냥 말하는 감자인데.

귀한 고구마야, 어째서 나에게 왔어.

왜 나에게 이렇게 귀한 다정을 주는 거야?

마음이 너무 기쁘고 불안해.

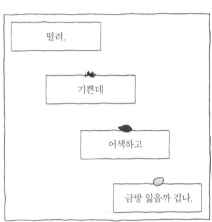

떨려.

기쁜데

어색하고

금방 잃을까 겁나.

그럼에도 이 사랑을 와락
안지 않는 건 너무 바보 같지?

충분히 행복해도 돼.

그렇지?

행복할 자격은
누구에게나 있어.

그러니 나에게도.

EP. 12
희망의 낮

　행복을 느끼는 일이 생경한 시간이 있었다. 나쁜 것들이 모여 초라한 나를 만들었다고 굳게 믿었던 날들. 나의 우둔과, 타인의 악의와, 무명의 불행이 켜켜이 쌓여 이런 내가 되어버렸다고 간주했다. 불길한 믿음이 나를 이불속으로 밀어 넣었다. 차마 벗어나지 못하고 무력하게 휴대전화만 만지던 낮과 밤. 휴대전화의 불빛마저 너무 밝게 느껴지던 억겁의 순간들. 그 순간에서 나를 끄집어낸 건 무엇일까. 답할 수 없다. 단일일 리 없고 단박일 리 없으니까. 나를 붙잡고 일으킨 것들이 너무 많다. 나는 어둠에 숨었고 밝은 것들은 나를 떠나지 않았다. 명랑한 이들이 지치지 않고 나를 밝히러 왔다. 축축한 나를 가지런한 땅에 올리고 덥혀줬다. 수십 번씩 나를 살린 사람들이 여전히 내 곁에 있다.

　유머와 사랑을 잔뜩 가진 사람들, 그들은 내 손을 잡고 산으로, 바다로, 카페로, 맛집으로 향했다. 기꺼이 불쾌하지 않은 놀림과 유쾌한 웃음을 내어줬다. 아무 일이 없는 듯 수다를 떨고 쾌활하게 웃었다. 아무 일도 없는 듯이 웃으면 그 순간은 정말로 아무 일이 없는 사람이 되었다. 아무 일이 없는 게 맞았다. 그걸 깨닫고 더 행복해졌다. 홀로 남겨질 때 나의 불행이 다시 시작되더라도 예전만큼 무섭지 않았다. 다시 환한 곳으로, 환하고 보송한 곳으로도 돌아갈 것을 아니까. 이 어둠이 깊은 만큼 그 빛이 더 밝고 따뜻하게 느껴질 것을 아니까. 그러니 견뎠다. 그런 짐작으로도 단박에 쫓아낼 수 없는 슬픔이 있어도 견뎠다. 나는 꿋꿋이 행복해질 거야. 슬픔도 내 것이지만 행복도 진정한 나의 것이다. 내가 쟁취한 나의 것. 나의 행복.

4장

당신의 이름

단단한 사람의 종류

단단한 사람의 종류는 두 가지이다.

어릴 때부터 사랑을 받고 자라서 남에게도 나눠줄 수 있는 사람,

인생의 온갖 풍파를 겪고 단단해진 사람.

둘 다 곁에 두고 싶고

어떤 형태로든 사랑하게 될 것을 직감하는데

나는 후자의 사람에게 더 마음이 쓰인다.

후자의 사람은 전자의 사람처럼 보이기도 한다.

둘을 한눈에 구분하기란 쉽지 않다.

그 사람과 나의 범위가 점점 겹치고

많은 눈빛을 나누고

얕고 깊은 대화를 나누고

마침내 그 사람의 많았던 풍파를 알아채는 순간.

234
무명의 감정들

그 순간 어떤 경이를 느낀다.

풍파에 지지 않고 살아남은,

끝내 다정하고 단단한 모양으로 살아남은,

그 무게감에 느껴지는 경이.

그러면 곧 사랑하게 되어버린다.

어떤 형태의 사랑으로든.

비로소 내 곁에 평생 두고 싶어진다.

단단하고 다정한 모습이 좋지만,

그렇게 만든 풍파를 겪을 때

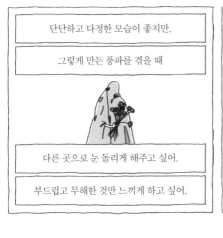

다른 곳으로 눈 돌리게 해주고 싶어.

부드럽고 무해한 것만 느끼게 하고 싶어.

그런 걸 겪지 않아도 되는 다정으로

그런 다정으로 살게 하고 싶어.

기꺼이 사랑받아도 돼.

겁이 나면 숨어도 돼.

가끔은 인생에 져도 돼.

꺾여도 돼.

다정의 모습을 비추고 싶지 않을 때에는

구태여 웃지 않아도 돼.

그런 말을 해주고 싶어.

나는 당신의 무게감이 좋았지만

조금은 가벼워져도 돼.

그럼에도 당신은 당신이다.

나의 버티고 있는 친구에게

나의 버티고 있는 친구에게.

친구야,
그 어떤 것도 너의 잘못이 아니야.

너는 참다가,

내내 참다가,

결국 서러운 눈물을 터뜨려.

어깨에 가볍게 손을 올리기 어려운

무거운 눈물을 떨어트려.

친구야,

내 위로의 방향과 양이 온전치 못할까 봐

말을 솎아내다가, 한참을 묵묵히 듣다가,

그냥 나는 내 이야기를 꺼냈어.

너와 몹시 닮은,

너와 닮았음을 증명하는 이야기를.

이게 너에게 불행의 으스댐이 아닌 동시에

어떤 스며듦의 위로였으면 좋겠어.

친구여,

나는 오래 고민했어.

최적의 위로와

최선의 위안을.

너는 멋져.

내가 아는 사람 중에 가장 강해.

너는,

너는 정말로 단단한 사람이야.

이 말마저 너에게 부담일까,

어떤 짐일까 한참 고민해.

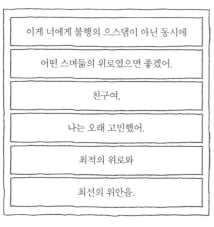

그래도 네가 강한 사람인 건 맞아.

마음이 여리고 따뜻한 것과는 별개로.

따뜻함에 강함이 있다고 생각해.

웃음에도.

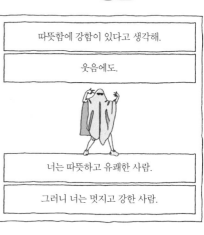

너는 따뜻하고 유쾌한 사람.

그러니 너는 멋지고 강한 사람.

너의 모든 길을 응원하고 싶어.

너의 유쾌함과

멋진 능력과

사랑이 가득한 마음과

어떤 무게감과

그 모든 것이 아니어도 괜찮은,
그냥 너의 인생을.

너의 모든 길을,
온 힘을 다해서 응원해.

밝고 환한 응원을 기꺼이,
정말로 기꺼이 보내.

﹟ 너에게

너에게.

언젠가 너에게 수없이 받았던
귀한 고백을

기꺼이 돌려주고 싶은 날이야.

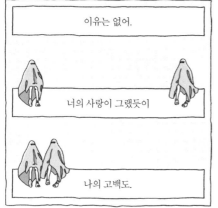

이유는 없어.

너의 사랑이 그랬듯이

나의 고백도.

너의 화목이 좋았어.

올곧고 한결같고

평화롭고 단단한 네가.

나의 가지런한 땅에 붙잡아 두던 다정이.

나는 몹시 쉽게 흔들렸어.

네가 더 잘 알지?

그럼 너는 내 손을 딱 붙잡고

괜찮을 거라고 했어.

그럼 있잖아,

정말로 믿고 싶게 되었어. 믿게 되었고.

우리가 미성숙해서

나는 좋았어.

같이 나아간다고 생각하면

더는 무섭지 않았지.

그것과는 별개로

우리의 유치가 좋았어.

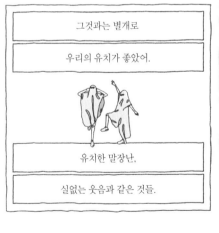

유치한 말장난,

실없는 웃음과 같은 것들.

말이 길었다.

사랑한다는 말 한마디면
되는 걸, 그렇지?

사랑해.

긴 꾸밈 없이,

어떤 활자에도
미처 다 담을 수 없이.

내가 귀한 줄 알면서도

내가 귀한 줄 알면서도
모르는 척 어리광을 부리는 때가 있어.

네가 나 귀하다고 크게 말해줬으면 좋겠어서.

나의 찌질함을 우수수 털어놓으면

네가 내 장점들만 힘차게 말해줬으면 좋겠어서.

그건 늘 듣기 좋거든.

내가 나를 가장 아껴줘야 한다는 건

여기저기서 듣고 배운 것 같긴 한데

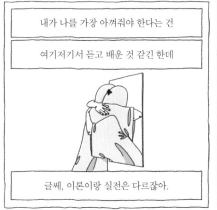

글쎄, 이론이랑 실전은 다르잖아.

어쩌면 나는 남을 쉽게 사랑하고

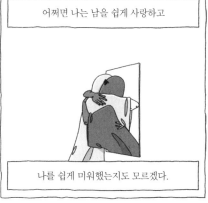

나를 쉽게 미워했는지도 모르겠다.

나는 나랑 계속 같이 붙어있으니까

찌질하고 연약한 마음을 직접 보잖아.

내 부끄러움을 내가 듣고, 보고, 판단하게 되고

끝끝내 잠들지 못하는 저린 밤을 지낸다.

그래서 나는 금세 나를 우습게 봤지만

너는 나를 귀하게 여겨주니까
좀 더 어리광을 부렸던 것 같다.

나의 귀함을 나한테 이야기해줄래?

나는 자주 그러하지 못하니까.

나는 우물대며 부정하는 나의 장점을

너는 당당하고 커다랗게 말해줘.

내가 말할 땐 믿지 못하겠는데

네가 말하면 좀 믿게 돼.

너는 정확히 꿰뚫어 보는 눈을 가졌잖아.

너는 내 연약하고 부끄러운 마음을 못 봤지?

나는 다 봤어. 내 나이만큼. 나랑 사는 내내.

그래서 나는 나를 사랑하지 못했던 순간도 많다.

네가 그런 부끄러운 마음을 일일이 못 봐서

나를 좋아하는 거면 어떡하지?

내가 보여준 짧은 단단함과 맑음만

전부라고 믿고 있으면 어쩌지?

이제는 너에게 보여준 짧은 맑음을

나에게 오래 보이는 모양으로 만들려고.

진짜 내 모습과 가짜 내 모습이 있다고 한다면

진짜 내 모습에 가깝게 하려고 노력 중이야.

그래도 네가 자주 귀하다고 말해줬으면 좋겠어.

나도 자주 이야기해 줄게. 너는 정말로 귀하니까.

기분 좋아지는 일에 애쓰며 살아

기분 좋아지는 일에
애쓰며 살아.

애쓰는 것도 힘에 겨우면
애쓰지 말고 살아.

나에게 애정 없는 거,
내가 애정 없는 거에

너무 잘하려고 애쓰지 말고
적당히 하자.

너, 너가 제일 좋아하는 거.
그런 거에 애쓰자.

그래도 돼.
그래야 해.

강요가 너무 많은 사회야,
그렇지?

그런데 언제부터인가

나도 나에게 필요 이상으로 강요하고 있다.

애쓸 거면,

그럴 거면 너 기분 좋아지는 거에 힘써.

근데 그마저도 힘들면

그냥 있어. 뭘 그렇게 하려고 해.

힘들면 쉬어라.

되게 당연한 말이다?

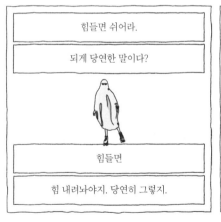

힘들면

힘 내려놔야지. 당연히 그렇지.

도대체 언제부터

턱 끝까지 숨차게 달리는 게

아주 당연한 것이 되었는지.

그 반대가 게으름이 절대 아닌데 말이야.

기분 좋아지는 일에
애쓰며 살아.

보드라운 곳에 누워있고,

힘차게 맛있는 거 먹고,

만나고 싶은 사람 만나고,

안 만나고 싶으면 그냥 쉬고,

그냥 그렇게,

그렇게 너 편한 대로 살아.

EP. 13
쉬게 하는 힘

 글이 주는 힘을 믿는다. 그 힘의 방향은 여러 개가 있다. 알권리를 보장하는 글이나 정보를 전달하는 글, 감동과 전율을 느끼게 하는 글. 그들은 모두 다른 모양의 힘을 가졌다. 그중에서 나는 쉬게 하는 힘을 가진 글을 좋아한다. 쉼을 응원하는 글. 나아가게 하는 힘찬 글 (예를 들어 동기부여가 되는 글)은 커피 속 카페인 같다. 씩씩하게 심장을 뛰게 만든다. 그러나 쉬게 하는 글은 고요하다. 불면의 밤에 쥐여진 뜨듯하고 뭉근한 우유 같다. 응원이라는 단어를 들으면 왠지 치어리더가 솔을 들고 춤을 추는 이미지가 그려진다. 그러면서도 어깨를 가만히 토닥여 주는 감각이 떠오른다. 나는 그 감각을 무척이나 좋아한다.

 말로 다 담지 못하는 그 감각을 이따금 편지에 담는다. 응원과 사랑은 글로 담았을 때 새로운 힘을 갖는다. 누군가에게 환한 응원을 보내고 싶으면 마땅히 편지지를 꺼낸다. 첫 줄에 당신의 이름을 적고, 두 번째 줄에 안부를 묻고는, 한참을 고민한다. 어떤 말이 당신에게 더 나은 위로가 될까. 어떤 단어가 당신을 쉬게 하고, 어떤 문장이 창문을 열어 환기하도록 만들까. 당신을 이해한다는 말은 섣부르고 건방진 것만 같다. 그래서 그냥 내 마음을 이야기한다. 당신이 얼마나 환한 빛을 품고 있는지 나는 알고 있고, 당장 스러져 있어도 잘못된 것이 아니며, 그 어떤 것도 당신의 문제가 아니라고. 내가 필요하면 언제든지 이야기해. 아무것도 묻지 않고 달려갈 테니. 당신은 그럴만한 가치가 있는 사람이니까.

이 글을 읽는 모두가 그렇다. 모두가 그럴 가치가 있는 사람이다. 환한 응원을 보낸다. 내가 받은 만큼 아주 밝은 것을.

점 선 면

사랑에 빠지는 건
좁은 한 점이다.

깊은 사랑에 빠지면

그 자체를 사랑한다고 하지.

그 자체로, 그 전체를.

그러나 그건 나중의 일이다.

처음 사랑에 빠지는 건
아주아주 작은 모습이다.

예를 들어보자.
나는 한 뮤지컬에 깊이 빠졌다.

그건 예상치 못한
아주 찰나의 순간이었다.

'더욱이'로 시작하는 대사의

나지막함에 전율했을 때.

예상치 못한 인물들이

왈츠를 추려고 손을 맞잡는 순간.

그런 섬광의 순간들.

그 좁디좁은 순간들에

순식간에 빠져들어

여섯 번이나 같은 극을 봤다.

끝내 DVD를 구매하여 매일 돌려 보는

그런 깊은 사랑에 빠져 버렸고,

마침내 그 작품 자체를 사랑하게 되었다.

사람에게 빠지는 순간도

매우 비좁은 점이다.

내어주는 어깨보다 좋았던 건

고개를 받쳐주는 손의 섬세함이었고,

고심해서 쓴 손 편지의 내용보다 좋았던 건

악필임에도 최대한 단정하게 쓰려고 노력했던,
들켜버린 귀여움이었다.

사소한 것은
핵심을 보여준다.

이건 사랑의 순간에도
타당한 말이다.

무명의 감정들

좁은 점에 꽂힌 마음은

마침내 주체를 갈라버린다.

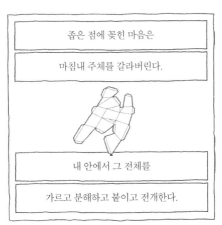

내 안에서 그 전체를

가르고 분해하고 붙이고 전개한다.

모든 것은 한 점에서 시작했다.

마음속에 점과 선, 면을 지나

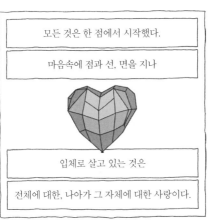

입체로 살고 있는 것은

전체에 대한, 나아가 그 자체에 대한 사랑이다.

시끌한 다정, 고요한 다정

점점 더 담백한 걸
좋아하게 된다.

예전에는 강렬하고 자극적인 걸 즐겼다.

폭력적으로 달고 짠 음식이라든가

내일이 없는 것처럼 즐기는 유희 같은 것들.

이따금 그런 것들이 와락 당길 때가 있지만

그 빈도가 점점 낮아진다.

그 통쾌함이 예전 같지 않고

무언가 께름직한 즐거움이 남는다.

담백한 게 좋아진다.
첨가되지 않은 것들.

솔직하고
무해한 것들.

254
무명의 감정들

사람도 그렇다.

밀고 당기는 사람보다
그냥 그 자리에 있어 주는 사람이 좋다.

묵묵하게 곁을 내어주는 사람이.

가게 앞을 지나만 가도 느껴지지 않는가.

호객 행위를 하는 사람보다는

묵묵히 가게 안에서 할 일을 하는
이의 가게에 더 발길이 간다.

내가 좋아하는 행동을 하려는 사람보다

싫어하는 행동을 하지 않으려는 사람이 좋다.

슴슴한 것은 오래 머물게 한다.

담백한 것은 오히려 내가 먼저 찾게 만든다.

말이 없는 것은 외려 말을 걸게 만든다.

무해한 것은 자꾸만 눈길이 간다.

소리 내어 나를 위해 주는 일,

시끌한 다정은 나를 힘차게 걷게 하지만

소리 없이 곁을 내어주는 일,

고요한 다정은 나를 쉬게 한다.

담백의 품에 쉬고 싶은 마음,
그 마음이 커진다.

새로운 나

너희랑 있으면
나는 아주 새로운 사람이 돼.

어떤 사람들은 나보고 다정하다고 하고

어떤 사람들은 나보고 차갑다고도 하고

어떤 사람들은 나를 쉽게 보기도

어떤 사람들은 나를 어렵게 보기도 하는데

너희는 나에게 어떤 판단도 않고

판단했다고 한들 그걸 몰래 말로 옮기지 않고

그냥 나로 봐.

그게 좋아.

너희랑 있으면 나는 아주 새로운 사람이 되니까.

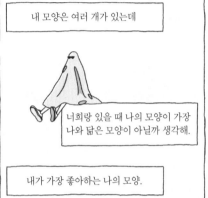

내 모양은 여러 개가 있는데

너희랑 있을 때 나의 모양이 가장
나와 닮은 모양이 아닐까 생각해.

내가 가장 좋아하는 나의 모양.

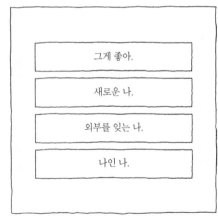

그게 좋아.

새로운 나.

외부를 잊는 나.

나인 나.

우리 평생 같이 놀자.

매일 새롭게. 아니 진부하게. 좀 철도 없이.

평온의 선

나와 비슷한 선을 가진 사람이
주변에 있다는 것이

얼마나 다행인 일인지요.

흥분의 선 _____

분개의 선 _____

상심의 선 _____

같은 것들 말이에요

그들과 있으면 편안해요.

몸에 밴 적절한 선의 행동이

긴장이나 불쾌를 일으키지 않으니까요.

같은 일에 웃을 수 있고,

비슷한 사건에 분개할 수 있고,

몰상식한 행동 때문에 당황하지 않는 것.

그 일이 얼마나 어려운 것인지는

다른 선을 가진 사람들 틈에서

억지로 감정을 꾸며냈을 때 진정 깨닫게 되죠.

모두가 즐거울 수 있을 만큼만 놀린다는 게

어릴 땐 참 쉬운 것으로 생각했었어요.

우리는 매일 꼭 붙어있었고

서로의 선을 무의식중에 깨달았으니까요.

그렇게 자주 붙어있을 수 있는 친구는 귀해졌고,

서로의 선을 알고 놀릴 수 있는 관계도 귀해졌죠.

서로를 놀릴 수 있는 사이,

여러 사건들을 웃음으로 만들 수 있는 사이,

그 웃음이 유쾌하다고 느끼는 사이.

그런 사이가 무엇과도 바꿀 수 없이 좋아요.

사람이 가장 어려운 나이가 되었습니다.

사람이 가장 무섭고,

사람에게 가장 큰 상처를 받고,

많은 관계가 끊기고 생성되는 나이.

그런 시기에

평안만을 느낄 수 있는 관계를
가져서 무척이나 기쁩니다.

평온을 느끼는 선이

완전히 똑같은 모양일 필요는 없겠죠

어느 정도 잘 포개어지기만 한다면

서로가 서로의 모양을 잘 알기만 한다면

우리는 더없이 하나예요.

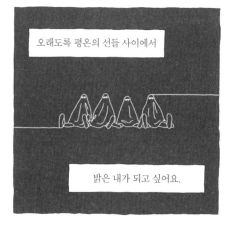

오래도록 평온의 선들 사이에서

밝은 내가 되고 싶어요.

지키고 싶은 낭만

지키고 싶은 낭만이 있다.

낭만 별거 있나.

별거 없어서
낭만적인 것 같기도 해.

예를 들면

좋은 사람들과

바닷가에 놀러 가서

고기나 구워 먹고 건배나 하는 것.

시시콜콜한 농담을 하고,

별거 아닌 걸로 놀리고,

옛날이야기를 너덜거릴 때까지 하고 또 하고,

그러다 힘들었던 얘기도 툭 하고 그런 거지.

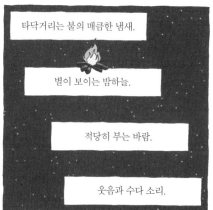

타닥거리는 불의 매콤한 냄새.

별이 보이는 밤하늘.

적당히 부는 바람.

웃음과 수다 소리.

그거 하나 바라보고 살다가

그 기억으로 또 살아내는 것 같다.

그 별거 아닌 게 참 좋다.

그래서 별거 아닌 게 별거가 돼.

시간을 맞춰서 논다는 게

옛날에는 그리 쉬웠는데 이젠 너무 어려우니까.

아직 계획도 안 짰는데
벌써 기대된다.

날이 더워질수록
낭만적일 여름밤이 기대돼.

오래도록 그 낭만을 지키고 싶다.

너희가 있는 낭만이 너무 소중해.

낭만이 실조될 것 같을 때,
우리 서로를 찾자.

EP. 14
낭만, 낭만, 낭만.

낭만은 어째서 이름조차 낭만일까. 혀끝소리와 입술소리가 합쳐져 코 안의 빈 곳에서 미끈한 소리를 낸다. 더욱이 정의마저 낭만적이다. 현실에 매이지 않고 감상적이고 이상적으로 사물을 대하는 태도나 심리. 어른이 된 이후로 현실에 매이지 않는 순간이 얼마나 될까. 현실적인 문제들에 머리가 지끈거리는 순간들을 자주 마주한다. 외면하고 싶지만 도저히 외면할 수 없는 문제들을 떠안고 괴로워한다. 그 고통을 잊게 해주는 건 바로 낭만이다. 예술이나 문학에 담긴 낭만 모두 좋지만, 친구들과 철없이 노는 시간이야말로 무엇과도 바꿀 수 없는 낭만이다.

낭만, 참 별거 없다. 별거 없는데도 영락없이 아이처럼 웃게 돼서 더욱더 낭만적이다. 떠올려 보자. 무더운 여름의 어느 날, 가장 친한 친구들과 겨우 시간을 맞춰 떠난 여행. 마트에 들러서 고기며 술이며 카트에 가득 담다가, 이상한 식재료 하나를 집어 온 친구에게 핀잔을 주는 모습. 좌충우돌 드디어 도착한 바닷가. 해변 곳곳에 웃고 있는 사람들. 인생 샷을 건

져주겠다며 수백 장씩 찍어보는 친구들의 모습. 흠뻑 땀을 내고 놀다 보면 느릿하게 해가 지고, 그제야 시작되는 바비큐 파티. 맛이 없을 리가 없는 고기를 정신없이 먹는다. 잔을 채운다. 짠- 건배하고 시시콜콜한 농담 따먹기가 계속된다. 옛날이야기를 너덜거릴 때까지 하고 또 한다. 그러다가 해가 지면 불을 피운다. 타닥거리는 불의 매큼한 냄새. 별이 보이는 밤하늘. 적당히 부는 바람. 여전히 기운찬 웃음과 수다 소리. 그러다가 밤의 어둠이 가려줄 슬픔에 용기를 내어 툭 내어놓는 힘들었던 이야기. 그리고 가만히 토닥여 주는 다정. 마침내 웃음으로 쓸어버리는 불운.

바다도, 고기도, 별도, 시골 냄새도 다 좋았지만 가장 좋은 건 늘 사람이었다. 함께하지 않았다면 이렇게 즐겁지 않았겠지. 대단히 귀한 낭만이다. 오래도록 그 낭만을 지키고 싶다.

기념일이 삶의 마디를 만든다는 말을 오래도록 간직하고 있다. 시간은 속절없이 흐른다. 삶을 떠올리면 숨이 턱 막힐 때가 있다. 백 세 시대, 도대체 어떻게 백 살까지 살아내야 할지 막막하다. 그럴 때는 짧게 끊어 본다. 우선 일 년 단위로. 기념일 단위로 도막을 내어 삶의 마디를 만든다. 내 생일, 귀한 사람의 생일, 우리가 처음 시작한 날, 어버이와 어린이를 위한 날, 명절, 여행 일정, 크리스마스, 마침내 12월 31일.

일상이 내내 밝고 즐거울 수는 없다. 다만 마디와 마디가 맞닿은 날에 기분을 낼 뿐이다. 생일 기분, 여행 기분, 축하 기분, 여름 기분, 겨울 기분. 기분 내는 낙으로 사는 삶은 생을 다채롭게 만든다.

＃ 감정과 언어

보고 싶다는 말은

좀 쓸쓸하다는 말이야.

밉다는 말은

사랑한다는 말이야.

살고 싶지 않다는 말은

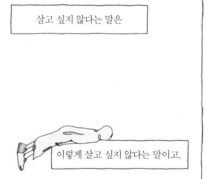

이렇게 살고 싶지 않다는 말이고.

그러나 사랑한다는 말은

사랑한다는 말이다.

그렇지마는 사랑한다는 말엔

너무 복합적인 감정들이
담겨 있어.

사랑엔 와글거리는 기쁨만이 담겨 있진 않아.

당신을 바라보면

슬프다가

밉다가

짠하다가

그렇게 스며들듯이 사랑하게 되는 것 같았다.

말에는 담을 수 없는 마음들이 있지.

말로는 들을 수 없는 마음들이.

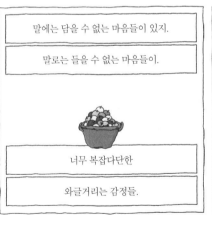

너무 복잡다단한

와글거리는 감정들.

다 담을 수 없는 마음을

구구절절 설명하진 않을래.

당신도 어렴풋이 느끼고 있을 테니까.

어떨 땐 말하지 않는 편이 나으니까.

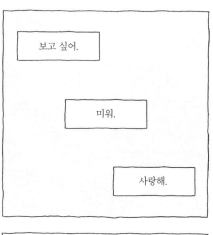

보고 싶어.

미워.

사랑해.

나는 꽤 이기적인 편인 것 같다

나는 꽤 이기적인 편인 것 같다.

이타적으로 비치는 순간에도.

내가 당신을 사랑하는 게 맞을까?

당신을 사랑하는 내 모습을 사랑하는 게 아닐까,

순수한 사랑이라고 생각했던 마음이

사실은 나를 향한 순수가 아닐까 고민해.

일방적으로 소비하는 사랑이 아닌

소통하는 사랑이라면,

우리는 서로를 사랑하는 우리 자신을,

자신을 사랑한다고 말하는 것이 옳겠다.

누군가를 도울 때도
그것이 그를 위한 것인지

나를 위한 것인지
헷갈릴 때가 있다.

그를 도와야 내 마음이 편하니까

혹은

그를 돕는 나의 모습을 사랑해서

라는 이유가 없다면 거짓이겠지.

도서관에 가는 이유가

활자를 사랑하는 마음도 있지만서도,

그 안에 머무는 내가 좋아서

라고 말하지 않는다면 그 또한 거짓이겠다.

삶에 스쳐 간 모든 사랑들이

사실은 지나간 것이 아니라,

내 안에서 탄생하고 살생된 것이라고

말하는 편이 맞겠다.

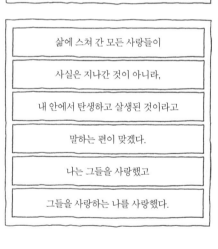

나는 그들을 사랑했고

그들을 사랑하는 나를 사랑했다.

사랑하면 닮는다는 말이 있는데,

실은 애초에 닮은 부분이 꽤 많은 사람들이 만나

스며들듯 닮아가는 나를 견딜 수 있고

그런 나의 모습도 사랑하게 되는 것은 아닐까.

사랑해.
이 말에 목적어가 없는 이유는

그게 당신을 향하면서도
동시에 나를 향하기 때문이다.

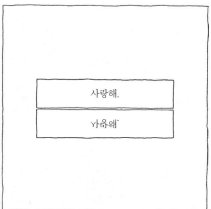

사랑해.

사랑해.

영원을 믿게 되는 순간

영원을 믿게 되는 순간이 있어.

당연히 영원할 수는 없는데.

당연히 우리는 계속 살지 못하니까.

우리는 모두 추락하는 비행기 안에 있으니까.

더욱이 누구의 비행기가 먼저
추락할지는 아무도 모르고.

그런데도 영원을 믿게 되는 순간이 있어.

나의 일부가 그 순간에 영원히 남아있을 것을
짐작하게 되는 순간,

그런 짐작을 할 수 있는 순간이 있다.

어쩌면 그건 관계의 영원이 아니라

그 순간의 영원인 것 같다.

시간의 영원.

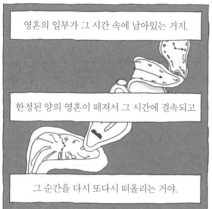

영혼의 일부가 그 시간 속에 남아있는 거지.

한정된 양의 영혼이 떼져서 그 시간에 결속되고

그 순간을 다시 또다시 떠올리는 거야.

그 시간의 감동을
음미하고 심탐하고 여운한다.

물론 좋은 시간에만 내 일부가 머물지 않지.

가슴 떨리는 불행의 순간에도
내 영혼은 어김없이 달라붙어.

그러나 그런 순간은 오히려
영원을 믿고 싶지 않게 된다.

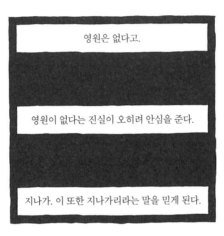

영원은 없다고.

영원이 없다는 진실이 오히려 안심을 준다.

지나가. 이 또한 지나가리라는 말을 믿게 된다.

영원은 없어.

그러나 영원을 믿을 수는 있지.

그건 내 안에 영원하니까.

귀여움 찬양

귀여움 찬양,
그거 한 번 해봐도 될까요?

귀여운 건 강력해.

제가 이 주장에 얼마나 진심이냐면요.

졸업 작품 주제로 선정했을 만큼입니다.

(꽤히 통과시켜 주셨던 교수님, 존경합니다.)

그런 말이 있습니다.

멋짐과 아름다움은

조금만 어긋나도 그렇지 않게 보이지만

귀여운 건 어떻게 해도 귀엽다.

그렇습니다.

귀여운 건 어떻게 해도 귀엽습니다.

오히려 완벽의 모습에서 벗어나는 순간

훨씬 귀여워지죠.

사랑에 빠진 모습,

그건 멋짐과 아름다움에
기원이 있었을 수 있습니다.

그러나 사랑의 종결은
역시 귀여움에 있습니다.

모든 생명체는 불완전합니다.

늘 완벽할 수는 없죠.

자고 일어나면 퉁퉁 부어있고

먹다가 뭘 흘리고

어안이 벙벙한 행동을 하기도 하고

몰래 질투하기도 합니다.

그 크고 작은 실수를

모두 보고도 귀엽다고 느낀다면,

축하드립니다.

깊고 강력한 사랑에 빠지신 겁니다.

귀여워 보이지 않으려고 노력하는 그 모습조차,

새침하고 늠름해 보이려는 그 모습조차,

죄송합니다.

귀엽습니다, 더없이.

귀여운 생명체와 있는 순간은

바꿀 수 없이 행복한 순간입니다.

그건 나를 조금 아프게 하더라도

속절없이 용서하게 만듭니다.

고통마저 참게 하는 것,

그것이 얼마만큼 대단한 것인지요.

귀여운 건 정말이지 강력합니다.

이 주장은 평생 변하지 않을 거예요.

상냥한 말만 하고 싶다

상냥한 말만 하고 싶다!

내 입에서 나오는 말소리의
모양도 내 귀로 들어가잖아.

내 뾰족한 말은

나에게 가장 먼저, 가장 크게 들린다.

물론 더 깊이 찔리는 것은
상대방이겠지만서도.

상냥하고 다정한 말만 하고 싶어.

어떻게 그럴 수 있을까.

왜 예민의 감정은 삐죽거리며
다정을 비집고 나올까.

내가 뱉은 밤송이 같은 말들은 가시가 길어서

상대방을 찌르고 동시에 나를 찔러.

나는 내가 미워진다.

상냥한 봄이야.

좀 더 따뜻한 말만 하고 싶어져.

좀 더 무해한 말만.

내 말에는 아무도 상처받지 않았으면 좋겠어.

왜 가까운 사람에게는 어리광을 부리게 될까?

왜 편한 사람에게는 더욱
다듬지 않고 말하게 될까?

왜, 왜 나는 결국 내내
신경 쓸 말을 뱉게 되는 걸까?

돌아 나와 후회하는 어떤 시간.

뱉는 순간 후회하는 어떤 마음.

그러나 주워 담을 수 없는.

상냥한 말만 할래.

다정의 목소리로.

좋은 시를 읊듯이.

가까운 사람에게는 더욱.

당신을 절대 미워하는 게 아니니까.

오히려 좋아서 투정 부린 건데,

그게 절대 좋지 않다는 걸 알아.

그러니까 보드랍게 말할게.

보드라운 마음만 줄게.

EP. 15
사랑의 언어

말에는 마음이 숨어 있다. 의도적으로 숨기는 때도 있지만, 나도 모르는 새에 숨겨지는 마음이 있다. 사랑한다는 말이 그렇다. 사랑, 너무 흔한 단어라 우리는 쉽게 툭 내뱉는다. 그러나 사랑은 너무 복잡다단하다. 사랑, 언뜻 너무 밝고 거대한 느낌이다. 그러나 그 안에는 기쁨만이 담겨 있진 않다. 사랑하는 이를 바라보면 슬프다가 밉다가 짠하다가 결국 사랑으로 귀착된다. 사랑한 시간을 생각해 보면 행복, 감동, 평안과 동시에 갈등, 대립, 상처의 순간이 떠오른다. 사랑은 나를 울게 만든다. 나를 홀로 울게 하는 것들은 사랑하는 것들이었다. 그런데도 다시 일어나게 하는 것 역시 사랑이었다. 그것이 사랑에 기진하면서도 삶에서 거둬 내지 못하는 이유이다.

울게 되는 것은 나뿐만이 아니다. 우리는 사랑하는 사람을 여러 번 울렸다. 아주 당연하다. '사랑해'라는 말에는 주어도 목적어도 없다. 사랑은 당신을 향하면서도 동시에 나를 향하기 때문이다. 이 말은 즉, 내가 상처받았다면 상대방도 상처받았다는 것을 의미한다. 세상에서 가장 날카로운 것을 꼽으라면 나는 '말'이라고 대답할 것이다. 말에는 큰 힘이 있다. 그 힘을 해로운 방향으로 내두르는 순간 마음은 속절없이 잘린다. 사랑을 나누는 과정에서 상처를 주고받는 것은 불가항력적이다. 다만 그렇지 않으려고 분투할 뿐이다. 건네고자 하는 평온의 무게가 고통의 무게보다 월등히 묵직했으면 하니까. 따가운 말은 뱉는 순간 주워 담을 수 없다. 후회해도 소용이 없다. 용서를 바라는 것조차 이기적이라 내내 마음을 졸여야만 한다. 그러니 사랑하는 사람의 앞에선 한 번 더 생각하고 상냥하게 말하려고 애쓸 뿐이다.

폭력적 다정

폭력적 다정.

나는 그 단어의 뜻을
진작 알았다.

폭력적인 다정함이라니,

언뜻 말이 안 되는 것 같지.

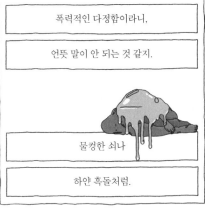

물컹한 쇠나

하얀 흑돌처럼.

그치만 그건 정말로 있어.

영리하게 모습을 감추고.

그건 단순한 폭력처럼 금세 발견할 수 없다.

폭력은 나쁜 것,

다정은 좋은 것.

좋은 가면을 쓴 악은

그냥 악보다 훨씬 영악해서

쉽게 알아채고 달아나기 어렵다.

그래서 오히려 폭력 그 자체보다 싫었다.

그 다정은 주변 사람까지 속여서

다정을 거부하는 나를

매정한 사람으로 만들기도 했으니까.

나를 내어주는 일은 불쾌했다.

무서웠고.

다정의 가면을 쓴 강요가 싫었다.

사랑이라는 이름을 가진 집착은 섬뜩했다.

속이 매슥거렸다.

벗어날 수 없는 다정과

보이지 않는 폭력을 집어삼켜서.

토해내고 싶었다.
목젖까지 손가락을 욱여넣어서.

그리하여 홀로 우뚝 서고 싶었다.

내가 원하는 형태의 다정만을 딛고.

초콜릿이 코팅된 농약은 뱉어내고

정말로 귀하고 단 것만 입에 넣고 싶었어.

진정한 다정은

팔을 당겨 어떤 길로 걷게 하는 것이 아니라,

혼자서도 힘차게 걸어 나갈 수 있도록
묵묵히 응원하는 것이라는 것을,

나는 진작 알았지만

붙잡힌 팔을 뿌리칠 용기가 없었다.

그것이 슬펐고.

지킬 수 없는 약속

지킬 수 없는 약속은
하지 말자고 다짐해도

나도 모르는 새
툭 내뱉는다.

잘 지내, 또 만나.

전자는 진심이고 진실이나

후자는

진실이라고도 거짓이라고도 할 수 없다.

다음에 얼굴이나 한번 보자.

밥 한번 먹자.

또 건강한 모습으로 만나자.

그런 말들이

내 입에서도 걷잡을 수 없이,

팝콘 기계처럼 푹푹 나온다.

거짓말은 아냐.
확신이 없는 진심인 거지.

그러나 지킬 수 없는 것에
진심을 붙일 수 있나 고민했다.

지킬 수 없는 것은

약속하고 싶지 않다.

그러나

점점 나이를 먹으면서

지킬 수 없는 것을

이야기해야 하는 순간이 있어.

특히나 이별의 순간에는.
그때는 진심이지만

결코 확신할 수 없는 무언가를
입에 올려야 할 때가 있다.

그걸 상대방도 알고 있음을

어렴풋이 느낀다.

우리는 통상적인 말을 입에 올렸지만

왜인지 모르는 죄책감과 미어짐을 느꼈겠지.

덜컥 겁이 난다.

얼마나 더 그런 이별을 해야 할까.

얼마나 더 많이

지킬 수 없는 약속을 하며 살까.

진심만을 담은 말만 하며 살 수는 없겠지.

진실 없는 거짓.

진실도 있는 거짓.

차마 진실을 담을 수 없는 하얀 거짓.

우리가 모두 진실이 아닌 걸 알아도 하는 거짓.

그런 거짓말을 얼마나 더 해야 할까.

피노키오가 아닌 걸
다행으로 여겨야겠다.

그랬다면 이별의 순간마다
코가 반쯤 길어졌겠으니.

제일 좋아하는 것

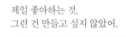

제일 좋아하는 것,
그런 건 만들고 싶지 않았어.

특히 사람은.

사람을 의지하는 건, 믿는 건

바보 같은 일이라고 생각했어.

사람은 쉽게 변하니까.

나랑 닮은 것처럼 굴다가도,

그래서 영영 함께일 것처럼 굴다가도,

영 다른 모습을 비추기도 했으니까.

행복을 위해 남에게 의존하지 말자고 다짐했어.

내 행복을 남에게 찾는 건 어리석은 일이니까.

맡겨놓은 행복 같은 건 없잖아.

맡겨놓은 불행이 없듯이.

남에게 무언가를 받는다면

행복을 기대하는 것보다

불행을 예상하는 것이 좋다고 생각했어.

그게 더 이치에 맞는 것 같았고

보통은 그랬던 것 같고

기대가 아닌 예상이
나를 덜 비참하게 만들었으니까.

나도 변하잖아.

남이 변하는 게 이상한 게 아니야.

우리는 해내야만 하는 일상이 있고

겪어내야만 하는 각자의 삶이 있고

그러므로 멀어지거나 변하는 것은

아주 당연한 일이다.

나는 그걸 아주 잘 이해했고

명치 부근이 쑤셨다.

이해가 되어서

앓았다.

앓을 것을 알면서도 좋은 것은 계속 생겼다.

불가항력적으로 그렇게 되었다.

좋다는 말을 입 밖으로 내놓는다.

입 밖에 내놓는 순간,

정말로 좋아하게 되어버리는 것 같았다.

그러나 제일 좋아하는 것이라고
표현해도 좋을지는 고민하게 되었어.

제일의 유통기한은 얼마나면 좋을지 생각했어.

내가 어릴 때 제일 좋아했던 만화는, 과자는,
선생님은, 친구는 지금 옆에 없으니까.

유통기한이 있어서 영영 사라져 버렸으니까.

물리적으로도, 마음에서도.

얼마나 오래 좋아해야

제일이라는 단어를 붙일 수 있을까, 고민했어.

제일 좋아하는 것을 만들지 말자는
다짐은 어리석었다.

사람에게서도.

자주 좋다고 말한다.

곧잘, 아주 쉽게.

그러면 정말로 더 좋아지는 것 같았다.

그리하여 좋은 것이 많은 삶을 사는 것 같았고.

이 제일이 얼마큼의 유통기한을
가졌을지는 모르지만,

나는 지금, 제일 좋아하는 것들이 가득하다.

＃ 빈자리의 매큼함

누군가 떠난 자리를 본다.

쓸쓸함에 눈 둘 데가 없다.

누가 왔다 갔든 아니든
원래 그 자리는 빈 자리인데도,

그 의자에 남은 온기가
쓸쓸해 보이는 이유는 무얼까.

자꾸만 자고 가라던
친구와 할머니의 모습을 떠올린다.

그들도 알던 걸까.

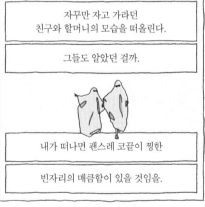

내가 떠나면 괜스레 코끝이 찡한

빈자리의 매큼함이 있을 것임을.

몹시 이기적이게도

나는 먼저 떠나는 사람이고 싶어 했다.

허전함은 도저히 견딜 수 없게 만들어서.

외로움의 민낯이 그 얼굴을 쭉 들이밀어서.

견딜 수 없을 때면

나는 차라리 먼저 떠나는 쪽을 택했다.

가끔은 성급하게도.

네가 급하게 먼저 떠나버릴까 해서.

외로움의 원인이

누군가의 부재 때문임이 아닌 것을 안다.

혼자 태어났으니 혼자인 기분을 느끼는 것이

당연함을 안다.

그럼에도

온탕에 들어갔다가 냉탕에 들어가면

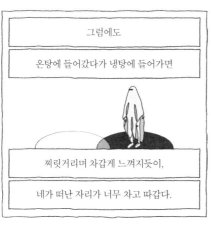

찌릿거리며 차갑게 느껴지듯이,

네가 떠난 자리가 너무 차고 따갑다.

소리가 나던 자리에
아무 소리가 없다.

뜨거운 생명체가 있던 자리에
찬 공기만 있을 뿐이다.

우리는 끝없이 이별하며 사는 존재니까

더 이상 슬퍼하지 말자고 다짐해도,

자꾸만 자꾸만 허공을 응시하게 되는 건

어찌할 수 없는 쓸쓸함 때문이겠지.

다녀간 자리를 다시 본다.

너의 소리가 메아리처럼,
온기가 묻은 메아리처럼 들린다.

작별의 말

가끔은 작별의 말을
미리 적어둬야만 할 것 같아요.

나에게 다녀간 모든 것들을 위해

담백한 감사 인사를

어딘가에 꼭

꼭 남겨야만 할 것 같습니다.

언제 떠나는지와는 별개로요.

누가 떠나는지와도 별개로요.

전하지 못한 인사만큼 아쉬운 건 없으니까요.

미리 몇 자 적어봅니다.

나에게 다녀간 모든 분께.

어떤 게 우리를 작별로
이끌었는지는 모르겠습니다.

그러나 우리는 늘 이별하며 사는 존재잖아요.

그러니 슬퍼 마시길.

어떤 형태의 이별이든 그건 예정된 것이었습니다.

그러니 생에 관해 이야기하려고 합니다.

우리가

같은 공간, 같은 시간을 나눴던 이야기를요.

그 놀라운 인연의 순간들을요.

나는 다감한 사람이었습니다.

다정은 아니었지만요.

잘 웃고, 울고, 찬희하고, 낙담했던 순간들에

당신은 어떤 마음으로 나를 바라봤나요?

좋지 않은 마음만은 아니었기를.

난 당신과 모든 감정을 나눠서 충만했습니다.

우리의 별거 아닌 일상이 좋았습니다.

맛있는 걸 나눠 먹고

실없는 농담을 하고

좋은 일 앞에서는 와락 웃어버리고

나쁜 일 앞에서는 와락 서로를 안아버린

모든 순간이 좋았습니다.

나는 곧잘 행복하다고 말하는 사람이었습니다.

그러나 당신에게 잘 가닿았는지는
확신할 수 없습니다.

그래서 한 번 더 말하고 싶어요.

행복했습니다.

행복했어요.

당신도 행복하셨죠?

작별의 말이 긴 이유는, 헤어짐이 아쉬워서
자꾸만 자꾸만 더 쓰게 돼서일까요?

그러나 이건 예정된 이별이었고

담아도 담아도 부족한 마음은

차라리 한 문장으로 쓰는 게 더 나을 것 같아요.

덕분에 사랑했다고요.

부디 안녕하시길.

기꺼이 생을 나눠준 당신께.

EP. 16
관계의 모양

관계의 모양은 다양하다. 가족, 애인, 친구, 그중 매우 가까운 친구, 일로 만난 사이, 그중 친한 동료. 그리고 특정한 이름으로 묶을 수 없는 사이까지. 옷깃만 스쳐도 인연이라는 속담 아래, 내가 지닌 인연은 무수하다. 그 사이에서 고민한다. 어떤 사람까지 얼마나 힘을 들여 그 모양을 유지하는 게 적당한가. 나는 사랑이 쉬웠다. 정확히는 사랑을 품기가 쉬웠다. 그것을 주고받는 것은 어설펐다. 아주 쉽게 너무 많은 것을 사랑하게 됐다. 만화 속 별난 등장인물을 사랑했고, 인라인스케이트를 타며 땀으로 흠뻑 젖는 웃음을 사랑했고, 오해와 갈등을 풀고 진정한 친구로 거듭나던 미숙한 관계를 사랑했으며, 엄마의 작고 강인한 손을 사랑했다.

그러나 모든 사랑을 힘줘서 지킬 순 없었다. 한 사람의 힘과 시간은 한정되어 있기 때문이다. 매 순간 선택해야 했다. 무엇에 시간과 체력을 쏟을지. 그러니 어떤 관계는 힘없이 무너지고 토라지고 갈라지기도 했으며 그렇게 이별을 맞이하기도 했다. 그것이 슬퍼서 자주 울었다. 미성숙한 이별을 한 적이 많았다. 제대로 된 인사조차 전하지 못한 이별, 도망치듯 끊어낸 이별, 결국 펑펑 울고 말아서 맘 편히 보내주지 못한 이별. 가끔은 출근하는 엄마 아빠를 보내기 싫어 현관문 앞에서 울고 마는 아이의 마음이 된다. 두렵다. 얼마나 더 그런 마음, 그런 이별을 품으며 살아야 할지. 그러나 두려움 때문에 좋은 관계를 만들지 않는다는 건 어리석은 일이라는 걸 안다. 유한하기에 아름답다는 말이 이해가 안 되던 시절이 있었다. 지금은 심장 깊이 이해해서 명치가 쓰라릴 뿐이다. 유한한 것은 눈이 멀 듯 아름답다. 유한하기에 더없이 귀하다. 사라지는 것들을 사랑해서 삶은 아프고 뜨겁고 유의미하다.

빛의 위계

마지막은 새로운 시작이라는 말이 있죠.

초등학교를 졸업하면 중학교에 입학하고

원래 이름을 잃으면 새로운 이름을 얻듯이,

책의 완결이 인생의 종결을 의미하진 않습니다.

저는 책 바깥에서 계속 살아가겠죠.

생의 한가운데에서

저 하나 지지하며 사는 것에 애를 쓰면서

종결이 찾아오기까지 어쨌든 살아갈 것입니다.

때로 삶이 멈어 있다고 느낄지도 몰라요.

미지근한 이불을 오래 느낄 수밖에 없는

연약한 마음이 되는 때가 벌컥 찾아오겠습니다.

그럼에도

창문을 열고

물을 마시고

몸을 닦고

손톱을 깎고

운동화 끈을 동여맬 것입니다.

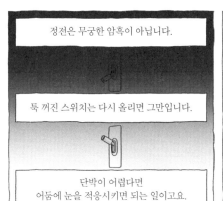

정전은 무궁한 암흑이 아닙니다.

툭 꺼진 스위치는 다시 올리면 그만입니다.

단박이 어렵다면
어둠에 눈을 적응시키면 되는 일이고요.

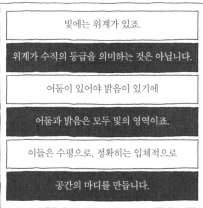

빛에는 위계가 있죠.

위계가 수직의 등급을 의미하는 것은 아닙니다.

어둠이 있어야 밝음이 있기에

어둠과 밝음은 모두 빛의 영역이죠.

이들은 수평으로, 정확히는 입체적으로

공간의 마디를 만듭니다.

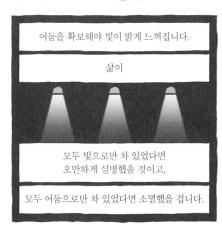

어둠을 확보해야 빛이 밝게 느껴집니다.

삶이

모두 빛으로만 차 있었다면
오만하게 실명했을 것이고,

모두 어둠으로만 차 있었다면 소멸했을 겁니다.

당신은 지금 밝은 쪽에 서 있나요,
어두운 쪽에 서 있나요?

축축한 마음을 말리고 있나요,
뜨거운 마음을 견디고 있나요?

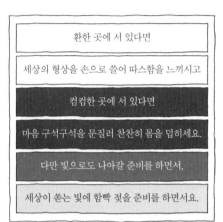

환한 곳에 서 있다면

세상의 형상을 손으로 쓸어 따스함을 느끼시고

컴컴한 곳에 서 있다면

마음 구석구석을 문질러 찬찬히 몸을 덥히세요.

다만 빛으로도 나아갈 준비를 하면서,

세상이 쏟는 빛에 함빡 젖을 준비를 하면서요.

밝은 인사를 건넵니다.

선선한 곳에 오래 계시어요.
저도 기꺼이 그럴게요.

EP. 끝마치며
마음의 손톱 쥐

이 이야기는 결국 손톱을 깎는 이야기입니다. 슬픔은 손톱과 같습니다. 깎아내도 깎아내도 자꾸만 자랍니다. 그럴 때마다 손톱깎이를 찾듯이 책을 읽고 글을 썼습니다. 대체로 남의 이야기에는 공감하지 못했습니다. 남의 이야기 속 내 이야기와 닮은 것에만 눈길이 갔습니다. 남에게서 나를 보고, 남의 슬픔에서 나의 서러움을 느꼈습니다. 이 책을 읽는 독자님도 모든 이야기를 공감하진 못할 겁니다. 우리는 모두 다른 사람이니까요. 기억에 남는 부분은 아주 일부이겠습니다. 그러나 한 문장이라도 공감이 됐다면 그것으로 되었습니다. 제 이야기에서 당신의 이야기를 겹쳐보고, 함께 느끼고, 그것을 책 어딘가에 조금은 덜어냈기를 바랍니다.

마지막으로 사랑해 마지않는 독자님들께 환한 마음을 보냅니다. 책을 집필하던 중 작가가 되어주어 감사하다는 편지를 받았습니다. 편지를 읽다가 울컥 올라오는 무언가를 누르려고 입술을 음 하고 닫아버렸습니다. 살면서 이런 다정한 인사를 받을 수 있을 거라고는 전혀 생각지 못했습니다. 어떤 존재가 되어주어 감사하다는 인사를 받는 일이 얼마나 큰 행운인지요. 몹시 운이 좋았습니다. 글을 썼고, 그림을 그렸고, 마침내 발견되어서 작가로 명명되었습니다. 독자님이 얻으신 위안이 어떤 모양인지, 얼마나 큰 것인지 알 수 없습니다. 다만 분명한 것은 제가 독자님께 받은 위안이 더욱 가지런하고 크고 밝은 것이라는 사실입니다. 모든 분의 생에 단정한 응원을 보내고 싶어요. 여러분이 저에게 그렇게 하셨듯이요.

  괜찮지 않은 구석을 품고 살아도 괜찮은 마음을 가지길 바라며.

  우렁찬 빛을 담아, 쑥 드림.

무명의 감정들 : 나를 살아내는 일

초판 발행 | 2023년 10월 24일
11쇄 발행 | 2024년 04월 17일

글·그림 | 쑥 (@ssuk_essay_toon)

펴낸곳 | Deep&Wide
발행인 | 신하영 이현중
편집 | 신하영 이현중
도서기획 | 신하영 이현중 윤석표
마케팅 | 신하영 이현중 윤석표
주소 | 서울특별시 마포구 성미산로 1길 21 사울빌딩 302호
출판등록 | 제 2020-000209호
이메일 | deepwidethink@naver.com
ISBN | 979-11-91369-46-5

ⓒ 쑥, 2024

저희는 책에 관한 아이디어나 조언 그리고 원고 투고를 언제나 기다리고 있습니다.
deepwidethink@naver.com으로 당신의 아이디어를 보내주시고 출간의 꿈을 이루어 보시길 바랍니다.
당신도 멋진 작가가 될 수 있습니다.